Mastr'Impicca

Vittorio Imbriani

Texte et illustration de couverture : © domaine public
Edition : Culturea (Hérault, 34)
Contact : infos@culturea.fr
Retrouvez notre catalogue sur http://culturea.fr
Imprimé en Allemagne par Books on Demand
Design typographique : Derek Murphy
Layout : Reedsy (https://reedsy.com/)

Dépôt légal : janvier 2023

ISBN : 9791041845767

C'era una volta un Re di Scaricabarili, vedovo e padre di figliuola unigenita, bella quanto il sole. E, dicendo bella quanto il sole, par che si dica quel più che può dirsi. La Rosmunda, ereda presunta del trono scaricabarilese, portava due grandi occhi bruni in fronte, che innamoravano; ed in capo una chioma lunga e folta tanto, che avrebbe potuto vestirsene. La voce di lei sembrava una musica, ammaliava. Sebbene andasse appena pe' sedici anni, le sue movenze eran tutta grazia e disinvoltura, non aveva il solito fare impacciato delle giovanette. Nè poteva rinvergarsi od immaginarsi la più colta ed assennata principessina in tutto l'universo mondo. E buona e caritatevole era: dovunque accadesse una sventura, si era sicuri di vederla giungere, recando consolazioni, distribuendo elemosine e sussidii e quelle parole di conforto, spesso più giovevoli di maggiori ajuti materiali, le quali sole hanno virtù di rasciugar le lacrime, di rasserenar gli animi. Figuriamoci come il popolo intero dovevano tener cara questa donna Rosmunda! Non si sarebbe trovato nel Regno uno, che le volesse male! I sudditi travedevano per lei. Ed ella, conscia di tanto amore, era tuttogiorno in giro senza compagnia, senza scorta, senza corteggio, senza seccature, certa di non incontrare se non reverenza ed ossequii.

Frattanto il padre s'apparecchiava a darle marito. — «Io mi son vecchio;» pensava Maestà. — «Più che vecchi non si campa: oggi o domani mi toccherà a tirar l'aiuolo. Una volta ch'io sia andato a rincalzar cavoli, che ne accadrà di questa ragazzaccia? Posso lasciare senza scrupolo il Regno ad una fanciulla inesperta? Quando regnan le donne, i sediziosi si accrescono degl'innamorati. La Rosmunda è savia: pur che la duri! La Rosmunda è buona: ma non si governa con la volontà d'animo; non si reprimono o scongiurano le insurrezioni con un bel par d'occhi; non si rintuzzano e sconfiggono gli eserciti nemici, sciogliendo all'aura i capei d'oro. Con questi vicini, con questo popolo, con questo Parlamento, con questi uomini politici, e' ci vuole la mente ed il polso d'un uomo. Provvediamoci a tempo: senza fretta precipitosa; ma... chi ha tempo non aspetti tempo».

Parlò del suo divisamento alla figliuola, che veramente non aveva ancora pensato al matrimonio, ned altro ambiva se non rimanersene eternamente libera e felice, com'allora. — «Ci ho voi di amare e mi basta, babbo. Tanta fretta avete di sbrigarvi di me? E che bisogno c'è d'un marito? L'Elisabetta d'Inghilterra non se l'è cavata male, eppure seppe farne senza. E gli scaricabarilesi sono concordi nell'amarmi». — Pure, assennata come era, la Rosmunda finì per arrendersi ai voleri paterni; ed ammettere in principio, ch'era espediente ed urgente il munirsi d'un consorte.

Ma chi scegliere? Veramente, di proci non si penuriava. Tutti i Re da corona o spodestati, tutti i Principi reali del mondo, sarebbero stati prontissimi ad impalmare una donnina bella quanto il sole, la quale recava in dote il Reame di Scaricabarili, con seicencinquantaquattromila e trecenventun miglio quadrato di superficie e cenventitrè milioni quattrocencinquantaseimila, settecentottantanove abitanti (secondo l'ultimo censimento ufficiale). E i sovrani dei tre Regni confinanti: il monarca d'Introibo, il despota di Exibo e l'autocrate d'Antibo, avevano già richiesta officiosamente, ciascuno per conto proprio, la mano di Donna Rosmunda, dichiarandosi innamorati cotti per fama e per ritratto della perla scaricabarilese (così la Principessa veniva chiamata da' poeti aulici). Ma (c'era un ma) il guaio era che la perla scaricabarilese non si sentiva nient'affatto proclive ad innamorarsi della fama o del ritratto di alcuno di quei tre proci. La ragione n'è facile ad assegnarsi: il monarca d'Introibo era gobbo, il despota di Exibo era zoppo, l'autocrate di Antibo era guercio; questo riguardo al corpo, al fisico, come suol dirsi. Il monarca d'Introibo aveva fama di sciocco, il despota d'Exibo veniva reputato vigliacco, l'autocrate d'Antibo era in voce di crudelissimo; questo riguardo agli animi, al cosiddetto morale. La Rosmunda, potendo senza irragionevolezza attendersi a trovar meglio, avrebbe scartati tutt'e tre senza molto riflettere: ma ciascun d'essi era un Re possente, ciascun d'essi assoldava un esercito poderoso ed aveva lasciato chiaramente sottintendere che farebbe un casus belli del rifiuto. Come regolarsi? Tutti e tre, già, la Principessa non poteva sposarli. Preferirne uno, il men cattivo, equivaleva a sacrificarsi barbaramente, dando un pessimo signore al paese ed appiccando guerra con gli altri due. Dar le pere a tutti e tre, significava averli tutti e tre sulle braccia, ed esporre il Regno di Scaricabarili agli orrori ed a' pericoli d'un conflitto micidiale contro una coalizione fortissima. La povera della Rosmunda impetrò dal padre un pò di respitto per ben ponderare prima di risolversi. E questo tempo passava piangendo, crucciandosi, disperando e non sapendo a qual partito appigliarsi.

Un giorno, mentre stanca di piangere passeggiava sola sola nel più opaco boschetto ed appartato del giardino reale, vide sopra un sedile rustico una figura di vecchierella da muovere a compassione ed a raccapriccio chiunque. Era una nanerottola scrignuta, con le grucce; curva che il mento quasi toccava le ginocchia; tutta grinze, crespe e rughe; con gli occhi scerpellati e cisposi; senza sopracciglia; con la zucca tignosa e calva; con la pelle chiazzata e piena di croste purulente; scarna e nera come una mummia; mal coperta da cenci lerci, che brulicavano d'insetti. Questo mostricino stese la mano e la Rosmunda subito, senza dimostrar punta nausea, si frugò nelle tasche e le porse quanti spiccioli vi trovò. La vecchierella, preso il denaro, e ringraziato con voce stridula e tremante, soggiunse: «Grazie di quest'elemosina, è carità fiorita. Ma l'Altezza Vostra potrebbe beneficarmi viemaggiormente se volesse!».

— «Dite pure, buona donna; ormai non mi riprometto altro al mondo che di procacciar qualche piacere altrui».

— «Io sono decrepita; ed ho tanti malanni addosso che basterebbero a sotterrare una giovane: tiro il fiato co' denti. Tra pochi giorni non ci sarò più. Ma morrei contenta se mi toccasse una consolazione prima di andare a Patrasso. Oh se l'Altezza Vostra volesse!..»

— «Cosa ch'io possa!»

— «Può, può; basta che voglia».

— «Allora... Di che si tratta?»

— «Vegga l'Altezza Vostra: io, ho novantanove anni, ed ho sempre stentato al mondo o sofferto e servito: sempre sono stata maltrattata e schernita. La vita mia è sempre appunto il contrario della vostra, di voi che siete accarezzata ed ossequiata da tutti, che non avete mai sperimentato cosa sia bisogno e penuria, che innanzi di aver finito di esprimere un desiderio lo vedete già adempito. Prima d'esser buttata nel carnaio vorrei scialarla un giorno solo; ed in quel giorno assaporar tutti i comodi della vita; e che l'Altezza Vostra stessa m'accudisse, attendesse a servirmi per quella giornata lì».

La domanda indiscreta della vecchiarda fece dapprima quasi ribrezzo alla Principessa. Una richiesta siffatta ne offendeva l'orgoglio legittimo ed i sensi delicati. La figliuola d'un Re di corona, l'ultima discendente di cinquanta sovrani, l'erede del Regno di Scaricabarili, la futura dominatrice di 654,321 miglio quadrato di territorio e 123,456,789 sudditi (secondo l'ultimo censimento ufficiale), educata come a nobil principessa s'appartiene, abbassarsi a prestar cure servili ad un'accattona, alla più umil persona dell'infima plebe! Come, lei, donna Rosmunda, sempre linda e schifiltosa, sempre profumata d'acque nanfe, toccar quelle caccole, quelle croste, quelle gromme, quella tigna, quella scabbia, que' cenci sordidi e puzzolenti!, esporsi a prender quelle malattie schifose!, sentir trasmigrare nella propria biancheria, sul proprio corpo, nella bella capigliatura, i pidocchiacci, i cimicioni, le pulci, gli àcari, tutte le generazioni di insetti che formicolavano sopra e sotto la cute della vecchiarda! Brrrrr!, c'era di che svenire al solo pensiero! E la Rosmunda stava per rispondere sdegnosamente alla mendicante ch'ella era matta, che si facesse in là, che non ardisse toccarla, che chiamerebbe gente per espellerla dal giardino e condurla al manicomio..., ma poi, riguardando quell'avanzo del tempo e della miseria, si sentì rintenerire. Vide una tale agonia, una tale intensità di brama espressa in quegli occhi, in quel volto che ebbe a impietosirsene. Cominciò a pensare: — «Poveretta! costei ha tribolato novantanov'anni continui, miserrima, scontraffatta, malaticcia, zimbello di tutti, litigando con la fame, senza gustare una dolcezza, senza impetrar mai soddisfatto un voto suo, per quanto onesto e discreto. E sta in me di appagartene uno, tanto naturale! Ma come si fa a vincere la ripugnanza che provo, ch'è somma? Se almeno fosse più pulita! Se non avesse quella rogna e quella tigna e quel brulichio addosso... Allora non avrei tanto schifo.... Ed allora che merito ci sarebbe? A voler fare atto gentile, questa repugnanza appunto vuole esser vinta, e vinta senza ch'ella pur lo sospetti. Mostrata, torrebbe ogni pregio all'opera umana. Sono o non sono cristiana? E dubito di fare una buona azione, di contentare un poverello di Cristo? Io, che malgrado la minaccia di nozze abborrite ho ancora consolazioni e speranze, che il padre comune ha trattato da figliuola prediletta, sento l'obbligo di procacciare una consolazione a questa meschina, di realizzarne una speranza. Non è mia suddita? O non è dovere pe' Principi il curare il bene e la felicità dei sudditi? Povera vecchiarella, mi fa compassione proprio.... Quand'anche, dopo, dovessi radermi i capelli o trovarmi mischiato qualche malore, non ho il cuore di negarle quel che desidera».

Risolvendosi adunque, invitò con benigno volto la vecchiarda sciancata a seguirla; e, non potendo questa camminare agevolmente, le offerse il braccio. La mendicante vi si aggrappò rozzamente, e, passo innanzi passo, più arrembatamente delle tartarughe, più lentamente delle lumache, confortandola sempre la Principessa con buone parole, mentre ella ad ogni pedata traeva un gemito, giunsero al palazzo.

La Rosmunda fece preparare un bagno caldo profumato e rimandò le cameriste e spogliò con le proprie mani quella pezzente e se la tolse in collo e l'adagiò essa stessa nella vasca di giallo antico; la soffregò col sapone e poi la rasciugò con lenzuola ed asciugamani tepidi; la pulì tutta, la pettinò, la medicò con unguenti prescritti dal protomedico di Corte, la rivestì di buone vesti. Quindi la presentò al padre. — «Come un ospite» — diceva lei — «che mi ha recata una commendatizia di Colui, ch'è giudice de' Re della terra. Come! se il più abjetto principe e dappoco ci manda un qualunque ambasciadore, un misero ministro plenipotenziario, un aborto d'incaricato d'affari, uno spione salariato, lo si accoglie con pompa, gli si smalta il petto di crascià smaglianti, gli si danno simposii e balli e rappresentazioni di gala. E trascureremmo poi i miserelli, quando i miserelli appunto sono i messi dì Gesù!» — Il padre, che trovava sempre ottimamente fatto quantunque la Rosmunda facesse, sebbene non consentisse in cuor suo a questa teorica, che, largamente praticata, avrebbe trasformata la Corte in un ricovero di mendicità, pure accolse con benignità la vecchia e degnò chiacchierar seco. E fu stupito egli stesso e fu stupita la Rosmunda e tutta la Corte fu stupita, che un'accattona avesse tante cognizioni e sapesse parlar tanto per benino.

Dopo il pranzo la vecchierella affermò d'aver proprio bisogno di schiacciare un sonnerello. La Principessa la condusse nella camera propria e la vestì lei stessa come si veste un bambino, ed introdottola nel letto e chiusi i cortinaggi, sedette poco discosto in una poltrona, e cominciò a leggere un libricciuolo al lume di una lampada a petrolio, posta sul tavolino da lavoro. Di tempo in tempo, interrompeva la lettura, posava il libro sul tavolinetto, si alzava e si approssimava alla dormiente, per assicurarsi che riposasse tranquilla. E quando riboccava le lenzuola, e quando rincalzava il letto, e quando sprimacciava la coltrice, e quando rassestava i guanciali, e quando le tergeva il madore dalla fronte; insomma le prodigava quelle cure pietose, che le buone infermiere tributano agli ammalati affidati loro. E la guardava con affetto, perchè le anime gentili si affezionano appunto beneficando; e

pensava: — «Domattina, avrò cuore di rimandar costei? Mi basterà l'animo a permetter, che mi lasci?
Per opera mia questa meschinella avrà gustato, delibato un po' di bene, acciò le appaia quind'innanzi
più squallida la miseria? Un giorno di vita comoda la farà tribolar peggio ne' dì vegnenti! Bella carità!
O non sarebbe stato più umano il respingere senz'altro, ricisamente la sua preghiera? Esaudendola,
ho contratto in certo modo l'obbligo morale di provveder per sempre a lei. No, la mia vecchierella
non se ne andrà nè domani, nè mai; non mi abbandonerà più, più. Io già non le do licenza di partire,
dovesse anco costarmi maggiori e peggiori ripugnanze l'assisterla. Dio mio, ispiratele di non opporsi
alle intenzioni mie ed allungatele la vita, acciò non le incresca di esser nata, e non commetta il peccato
di mormorare contro la provvidenza vostra!».

Così pensando, aveva posato il libro sulle ginocchia e congiunte le mani; e guardava verso il letto.
Vide agitarsene le cortine, e stava per accorrere a' servigi dell'ospite. Qual non fu mai la sorpresa,
anzi lo spavento di lei, quando le tende del parato si aprirono, e ne uscì una donna vaghissima, tutta
velluti e trine e gemme, la quale diffondeva intorno una luce vivida tanto, da rischiarare
splendidamente la zambra e da fare impallidire il lume a petrolio. Contemporaneamente tutta la
Reggia fu scossa come da un tremuoto e s'udì come lo schianto di un tuono. La Principessa balzò in
piedi esterrefatta; il libro ruzzolò per le terre; ed ella aprì la bocca per gridare accorruomo: ma lo
spavento e la meraviglia le avevan tolta la voce. E quella donna vaghissima le mosse incontro,
sorridendo amorevolmente; ed aprendole le braccia, disse: — «Non gridare! non temer nulla! Chi
credi tu, ch'io mi sia? Ho faccia di cattiva, io? Ti sembra, ch'io possa voler far del male a te o a
chicchessia?»

— «Signora... Io.... Lei.... Come qui?» — rispose la Rosmunda, non ancor del tutto rassicurata, ma
vergognandosi d'avere avuto paura. La paura non era nelle abitudini de' membri di quella dinastia.

— «Son la tua santola, sai! sono la fata Scarabocchiona; quella, che ti ha tenuta sul fonte
battesimale....»

— «E la vecchierella?»

— «La vecchierella era io. Volli sperimentare il buon cuore della mia figlioccia: ecco perchè avevo
assunto quella forma esosa di vecchia scrignuta, cisposa, claudicante, tignosuzza, che faceva stomaco,
nausea, vomito, recere ed arcoreggiare. Io ti leggeva nella mente ogni pensiero: ho scorto quali
ripugnanze t'è stato mestieri di vincere. E le ripugnanze vinte appunto dànno pregio all'operato tuo.
Vien qua, abbracciami!».

— «Volentierissimo! O cara la mia santola, quanto godo anch'io di pur vedervi! Me l'avean ben
detto le mille volte, che ci avevo avuto una fata per commare; ma quasi la ritenevo una chiacchiera:
chè non vi siete mai ricordata della figlioccia vostra, chè non vi siete mai fatta vedere, nè mi avete in
alcun modo date le vostre nuove».

— «Ingrataccia!» — ripigliò sorridente la fata Scarabocchiona, — «ed a chi, se non a me, ed a che,
se non alle mie fatagioni, devi tutte le belle parti che ti adornano, tutta la felicità che hai goduta sin
qui?»

— «Oh sì, la felicità! Non ci può essere donna più infelice, più misera, più cruciata, più dolente, più
disperata di me, cara santola! Voi non sapete....»

— «So tutto, so tutto, signorina. E perchè so tutto, mi vedi qua. Gli amici si riconoscono nel bisogno, alla pruova. Tuo padre ti vuol dar marito in tutti i modi?»

— «Sì, cara fata Scarabocchiona, mi vuol proprio affogare, mi vuole!»

— «I pretendenti sinora son tre?»

— «Appunto, santola mia, appunto!»

— «Vedi, s'io so tutto. C'è la Maestà di Baldassarre V, monarca d'Introibo?»

— «Già, ch'è vecchio, gobbo e sciocco: il Ciel me ne scampi!»

— «E poi, c'è Don Melchiorre XVII, desposta d'Exibo?»

— «Ch'è un omaccio di mezza età, zoppo e vigliacco: Iddio me ne liberi!»

— «E finalmente l'autocrate d'Antibo, Guasparre I?»

— «Quel che più temo: un ragazzaccio imberbe, guercio e crudele. Oh, se la Madonna mi salva da lui, regalerò una lampada d'argento alla Cattedrale!»

— «Insomma, tu se' incontentabile! Non vorresti nessuno de' tre?»

— «Proprio nessuno, io. Ma ciascun d'essi minaccia guerra, s'io lo rifiuto. Oh, son de' prepotentoni che non potete farvene un'idea. Come ho da regolarmi, fata Scarabocchiona mia? Consigliatemi voi, che siete la protettrice mia naturale, che avete spontaneamente assunto di supplir mia madre! Se rifiuto tutti e singoli, ci piombano addosso coalizzati, ed i poveri regnicoli dovranno scontarla. Se mi sacrifico e ne accetto uno, avremo sempre guerra con gli altri due, e mi toccherà un marito o gobbo o zoppo o guercio, e do agli Scaricabarilesi un Re o sciocco o vigliacco o crudele. Ditemi adesso: non sono io la più infelice principessa che sia mai stata al mondo? Quali alternative! Talvolta mi viene in mente di farmi tagliare in tre parti e mandarne una a ciascun proco, e toglier così di mezzo il pomo della discordia ed uscir da tante pene!»

— «Non pianger così, figliuola mia, che mi squarci l'animo. T'insegnerò io, come hai da fare per isfuggire a queste tre belve. Non temere: a tutto c'è rimedio fuor che alla morte. Ottieni da tuo padre, che apra un concorso fra quanti aspirano alle tue nozze, di qualsivoglia grado e condizione. Con questo patto, che ciascun concorrente prometta di non risentirsi menomamente, in modo alcuno, caso non venga prescelto. I proci dovranno presentarsi a Corte e dimorare un anno intiero nel Regno. Quegli, che in un anno sarà pervenuto a cattivarsi l'animo della cittadinanza, in modo che il popolo lo porti in trionfo e manifesti in ogni altra possibil guisa di essergli devoto, quegli sia tuo sposo. Ti sto mallevadrice io, che nè Baldassarre V, nè Melchiorre XVII, nè Guasparre I, la spunterà così; sebbene ognun d'essi debba illudersi di spuntarla agevolissimamente. A te, poi, dono questa legaccia, con la quale terrai sempre allacciata la calza destra. Quando mi vorrai parlare, quando stimerai di aver bisogno dell'aiuto o del consiglio mio, càvatela ed avvolgila intorno al polso sinistro e baciala. Io apparirò subito».

Dette queste cose, la buona fata abbracciò nuovamente la Rosmunda. Poi si scosse, e d'ogni intorno le piovvero per terra un'infinità di gioielli: vezzi, collane, monili, smaniglie, anella, spilloni, medaglioni, frontali, orecchini, buccole, rosette, pendagli, fioccagli, bottoni gemelli, catenelle, oriuoli brillantati, fibbie, pennacchietti di gemme, picchiapetti. E la Reggia venne scossa come da un tremuoto e s'udì lo schianto di un tuono e la fata sparve. La principessa rimase trasognata; e, se quelle preziosità, che ingombravano il pavimento, e la legaccia, che teneva in mano, non le avessero fatto fede del miracolo, avrebbe fermamente creduto d'essersi allucinata. Riavutasi, s'allacciò il legaccio alla gamba destra, raccolse e rinserrò gli ori e le gemme; e, tutta rasserenata e giuliva, corse difilato dal padre.

Maestà presedeva il Consiglio de' Ministri: ma nessun usciere, ciambellano, ufficial d'ordinanza od aiutante di campo s'arrischiò a costringere la erede presuntiva del trono a fare anticamera. Uno anzi corse a spalancar la bussola e l'Infanta apparve sulla soglia, mentre si discuteva sul rinnovamento del privilegio a non so che Banca. Giusto, uno de' Consiglieri della Corona, al quale certi banchieri avversarii della Banca promettevano una lauta mancia, si sforzava di dimostrare, che il privilegio non era da rinnovarsi: e frattanto un altro, seduto presso il Re, cercava di attirar destramente l'attenzione di costui su d'una riservatissima de' principali azionisti della Banca, i quali gergonando si offrivan pronti a pagare tutti i debiti presenti di Casa Reale, purchè il privilegio venisse rinnovato. La Rosmunda apparve, come un buon genio, proprio a tempo per distrarre il padre, che non desse un'occhiata all'onesta profferta; e, gettandosegli d'un balzo al collo, mentre i Ministri rispettosamente stavan su:

— «Babbo,» — disse, — «babbino mio caro, ho fatta una bella pensata!....»

— «Quando lo assicuri te!... Ma vediamo un po', che pensata è questa e di qual momento, che ti fa interrompere il mio Consiglio?» — disse Re Zuccone, che idolatrava la figliuola e non sapeva tenerle mai il broncio per nulla.

— «Le idee di Sua Altezza sono sempre giustissime!» — sclamò il Guardasigilli.

— «L'Infanta possiede una immaginazione fertile, industriosa, ricchissima!» — soggiunse il Ministro d'Agricoltura, Industria e Commercio.

— «Donna Rosmunda dispone di un esercito di buoni pensieri» — echeggiò il Ministro della Guerra.

— «La perla scaricabarilese ha più senno in quella testolina ricciuta, che tutti i professori delle mie Università nelle loro cocuzze!» — balbutì il Ministro della Pubblica Istruzione.

— «L'erede del trono è un vero tesoro!» — mormorò il Ministro delle Finanze.

— «La Principessa veleggia sempre alla scoperta di be' concetti!» — borbottò il Ministro della Marina.

— «La figliuola del nostro Re batte un via, per la quale non può fallire a glorioso porto!» — brontolò il Ministro de' Lavori Pubblici.

— «La futura nostra sovrana non ha la sua pari in tutto il Regno!» — declamò il Ministro degl'Interni, presidente del Consiglio.

— «Nè fuori Regno ha pari lo illustre rampollo della nostra dinastia!» — conchiuse il Ministro degli Esteri.

— «Godo infinitamente» — disse Re Zuccone, quando ebbero terminato — «che vojaltri abbiate tutti in così buon concetto la mia figliuola carissima; ma, se cicalate così, non potremo appurar mai la buona idea, che levate a cielo, prima ch'ella abbia potuto dichiararcela».

Subito gli Esteri sclamarono: — «Ammutolisco!».

Gl'Interni: — «Taccio!».

I Lavori Pubblici: — «Fo silenzio!».

La Marina: — «Sto a bocca chiusa».

Le Finanze: — «Rimarrò cheto come olio».

L'Istruzione Pubblica: — «Terrò la lingua a cintola».

La Guerra: — «Fate conto che io l'abbia lasciata al beccaio».

L'Agricoltura, Industria e Commercio: — «Non fiato più».

La Grazia e Giustizia e Culti: — «Eccomi imbavagliato».

— «Oh insomma, insomma» — ruggì sdegnato il sovrano, — questa mutolaggine vostra è d'una loquacia!.. questa taciturnità vostra ha una parlantina!.. questo silenzio è d'una verbosità!.. Parla tu, Rosmunduccia mia, giacchè questi signori hanno la bontà somma di concederti la parola. Dicci la tua bella pensata. Ma prima dà un bacio al babbo tuo!».

Allora la Principessa espone al padre ed al Consiglio il ripiego escogitato, acciò (poichè doveva a forza tôr marito e dar così un Re agli Scaricabarilesi) potesse almeno esser certa di non iscegliere un uomo sgradito a' sudditi ed indegno affatto del trono ed immeritevole degli affetti di lei, che pur ci entrava per qualcosa in tutto questo affare; evitando contemporaneamente di mortificare con un rifiuto qualsivoglia de' proci, ed eliminando ogni pericolo di guerra con qualunque dei regnanti limitrofi. I Ministri, che ascoltavano a bocca aperta, fiutarono subito in questo concorso matrimoniale una occasione propizia per rimpannucciarsi, un campo favorevole agli intrighi ed alle cabale. Le Eccellenze della Guerra e degli Interni, che parteggiavano per l'autocrate d'Antibo, applaudirono e disser: — «Brava!». — Le Eccellenze degli Esteri e della Grazia e Giustizia, che tenevano pel monarca d'Introibo, sclamarono: — «Evviva!». — Gli Eccellentissimi delle Finanze e dei Lavori pubblici, fautori del despota d'Exibo, soggiunsero: — «Ottimamente!». — Ed i capi de' Dicasteri dell'Istruzion Pubblica, di Agricoltura, e Commercio e della Marina, i quali non si erano addetti ancor definitivamente ad alcun proco, riserbandosi la parte più lucrosa dell'arbitro, conchiusero: — «A meraviglia!».

Il Re, sorpresissimo di trovare per la prima volta tutti i consiglieri d'accordo (non gli parea vero!), contentone del ripiego, abbracciò la figliuola: — «Sei un angelo! sei proprio un diavolo! Faremo come proponi, il mio sennino. Presto, si rediga analogo progetto di legge e si presenti quanto prima alle Camere: a cura sua, signor Ministro degli Interni. Ella poi degli Esteri diramerà una circolare a' nostri incaricati d'affari, Ministri plenipotenziari, Inviati straordinari ed Ambasciatori, acciocchè tutte le Corti ed i Gabinetti siano a giorno delle prelodate risoluzioni prese a proposta di mia figlia stessa (marcherete ben questo nella Nota), e con le quali si tronca ogni germe di conflitti che potevano risultare dalla preferenza accordata ingiustificatamente all'uno o all'altro de' concorrenti. Ella, che ha le chiavi dell'Erario, pensi un po' a domandare alle Camere un credito straordinario per le spese che incontreremo festeggiando ed ospitando tanti Principi regii. A Lei, raccomando la manutenzione delle strade che conducono alla frontiera. A Lei, la scelta delle guardie d'onore. A Lei, che l'opera ed il ballo sian buoni. — Signori, si è fatta mezzanotte; la seduta del Consiglio è sciolta. Vo a letto».

Detto fatto, venne presentato alla Camera dei Deputati scaricabarilesi il seguente schema di legge:

ZUCCONE XIV

per grazia di Dio e volontà nazionale Re di Scaricabarili.

«Art. 1. Dal 1° maggio del corrente anno al 30 aprile del venturo, è aperto un concorso per ottenere la mano della principessa Rosmunda, erede presuntiva del trono.

«Art. 2. I proci dovranno soggiornar tutta l'annata sul territorio scaricabarilese e studiarsi di meritare l'affetto del popolo.

«Quegli, che le acclamazioni popolari ed un voto del Parlamento dichiareranno pel Beniamino della nazione, avrà la Principessa per moglie ed il titolo di Principe Ereditario di Scaricabarili.

«Art. 3. È aperto al Governo del Re un credito straordinario di 41 milione, quattordicimila settecentotto lire e quarantaquattro centesimi (41,014,708,44) ripartito sul bilancio dell'anno presente e del venturo e da pagarsi alla Lista Civile in rate mensili di tre milioni quattrocendiciasettemila, ottocentonovantadue lire e centesimi trentasette (3,417,892,37) per sopperire alle spese di ospizio de' concorrenti e del seguito.

«Questo credito sarà iscritto nella parte straordinaria del bilancio delle Finanze, in apposito paragrafo 7 bis, sotto la rubrica: Spese per ospitare e festeggiare i proci della Principessa ereditaria.

«Art. 4. Non potranno concorrere i minorenni, gli ebrei, i negri, i rognosi, i tignosi e generalmente chiunque è affetto da malattia della pelle.

«Art. 5. Lo sposo della Principessa dovrà passare almeno otto mesi dell'anno nel Regno; e non potrà condurre fuori la moglie. Caso fosse una testa coronata, l'unione dei due Reami dovrà essere puramente personale, ed il soggiorno abituale nel territorio scaricabarilese.»

Questa legge non passò mica per acclamazione: anzi incontrò molte difficoltà, sofferse emendamenti, e stette lì lì per pericolare. L'opposizione voleva modificare l'art. quinto; e pretendeva che il marito della Principessa, se Re altrove, dovesse abdicare. Il Ministero pose la quistione ministeriale, e vinse. Anche all'articolo quarto, quello delle esclusioni, ci fu tempesta. I partigiani del monarca d'Introibo avrebber voluto annoverare fra le cause d'esclusiva la claudicazione e lo strabismo; i fautori del despota d'Exibo la scrignutaggine e gli occhi torti; e gli aderenti dell'autocrate d'Antibo la gibbosità e la zoppaggine. Ma fu fatto osservare, che la Camera si metteva su d'una mala strada; e che, se s'avevan da scartare tutti i difettuzzi corporali, probabilmente nessun principe sarebbe in grado di pretendere alle nozze della Rosmunda, e bisognerebbe ricorrere ai facchini, ai bazzarioti, ai camalli, ai bastagi, nei quali soli si trova la perfezione statuaria del corpo. Dopo lungo discutere l'articolo venne votato in questa forma: «Sono esclusi dal concorso i minorenni, gli acattolici, i negri, gli epilettici, i mutilati, i ciechi, i sordomuti, i gozzuti, i rognosi, i tignosi, e generalmente chiunque è affetto da malattie dermatiche. Sarà considerato maggiore chiunque è tale per le leggi del proprio paese».

Ma la burrasca tremenda fu all'articolo terzo, che venne rimandato e discusso per ultimo. Chi sosteneva eccessiva, esorbitante, la somma stanziata; e paragonava invidiosamente i banchetti ed i palagi offerti a' proci della Principessa col pan di cruschello e co' tuguri affumicati del povero popolo, dal quale dovevano spremersi le lire quarantun milione, quattordicimila settecentotto ed i centesimi trentasette. Altri invece affermava, che la somma domandata riuscirebbe scarsa all'uopo ed insufficiente, meglio aumentarla allora, che esporsi alla presentazione di crediti suppletori. Finalmente, dietro mozione di un partigiano delle economie sino all'osso, la somma totale venne ridotta a quarantun milione, diecimila trecenventinove lire e settantasei centesimi; ossia ridotta di quattromila trecensettantotto lire e centesimi sessantotto, cioè di trecensessantaquattro lire ed ottantanove centesimi al mese, come può verificarsi da chiunque ha poco abbaco. La Società tutelatrice dei diritti del popolo votò un indirizzo ed una medaglia d'oro all'animoso deputato, che aveva saputo procacciare un tanto disgravio ai contribuenti, incoraggiandolo a proseguire nel difficile cammino: Sic itur ad astra. Il dritto della medaglia doveva rappresentare esso deputato in figura di Ercole, che strappava un'offa ad un Cerbero col motto: Pochi compagni avrai per l'alta via. Il rovescio conteneva le parole: Economia di quattromila trecensettanta lire e centesimi sessantotto. La Società tutelatrice dei diritti del popolo al deputato Lesina. L'indirizzo venne subito presentato: della medaglia i sottoscrittori ed il deputato Lesina stesso aspettano ancora le notizie. E stando, che la Camera, per avere impiegati sette giorni alla discussione di questo articolo e tredici a quello delle esclusive, si trovava stanca ed i Deputati avevan fretta di tornarsene alle case loro a celebrarvi la Santa Pasqua; la legge pel rinnovamento del privilegio alla Banca fu votata in quindici minuti alla svelta, e si sbrigarono due o tre bilanci in una seduta sola.

Il primo maggio fu la presentazione e l'accettazione dei concorrenti. Principali erano: il monarca d'Introibo, il despota di Exibo e l'autocrate d'Antibo. Poi ci fu un vecchio general di esercito o maresciallo che dir si voglia, di non so che lontano paese, di Fanfaronia, credo; due poeti; cinque o sei nobilicchi spiantati; un dipintoruzzo di sorici; un maestro di pianoforte; ed un tenore. Insomma, tutti i cenci vollero entrare in bucato. Un banchiere ricchissimo, millionario, nella cui anima plutocratica era, non si sa come, germogliata una più degna ambizione, venne scartato a termini dell'articolo quarto perchè afflitto da un orzaiuolo.

In questa schiera di corteggiatori, certo, non ve n'era alcuno che potesse non dispiacere alla bella Rosmunda; ed il denaro pubblico sarebbe stato meglio sprecato, mantenendo un serraglio di fiere, un giardino zoologico. La presunzione e l'albagìa degli avvocati la stomacava: sapevan tutto, parlavan di tutto, discutevan di tutto, sofisticavan su tutto, securamente, imperturbatamente, arrogantemente. Figurarsi! quegli avvocati, obbligati dalla professione ad immischiarsi di tutto, finanze, agricoltura, commercio, industria, religione, guerra e persino giurisprudenza, erano onniscienti, onnipotenti; o, per meglio dire, solo una cosa ignoravano: la coscienza, sola una cosa non potevano: esser galantuomini. La facondia loro volgare; gli artifizi rettorici triviali; i sofismi plebei; le frasi ad effetto plateali; offendevano il buon gusto della Principessa. La quale non sapeva comprendere, come que' farabutti potessero tanto nelle assemblee e nelle adunanze popolari. Ma noi possiamo comprendere il perchè: le assemblee ed i comizi non sono composti in maggioranza da persone ammodo, colte ed intelligenti quanto la Principessa Rosmunda!

Raffaello Granata, il Cimadibue dalla lunga zazzera e dalla berretta di velluto, era almeno soltanto noioso. S'aveva imparate non so che frasi sul pittore universale e faceva di tutto: lui frescante, lui acquarellista, lui pittore ad olio, a guazzo, con l'encaustico; lui pittore di genere e di storia; lui ornatista, fiorista, figurista, paesista, prospettista, ritrattista, internista, animalista, scenografo. Persuaso, che l'arte, per la quale si credeva nato ed alla quale tutti il giudicavano negato, fosse quanto v'ha di più grande al mondo, degna di ogni corona e d'ogni esaltazione, voleva rinnovare il miracolo di Borgo Allegro. Pretendeva, che la Rosmunda gli stesse a mossa per una Madonna grande al vero, ch'egli avrebbe poi regalata alla Metropolitana di Scaricabarilopoli. Con quel modello e con la sua valentìa come non fare un capolavoro? Ma il premio sperato da questo impiastratore, da questo pittor da sgabelli, da boccali, da fantocci, da candele, da chiocciole, da taverne, da colombaie, da marzocchi, era ben altro da quello ottenuto da Cimabue. Gli Scaricabarilopolitani, entusiasmati al paro de' Fiorentini del Dugento, lo avrebber portato in trionfo e la Principessa sarebbe stata sua.

La presunzione del pianista era più fatua. Quel tartassator di tasti dalle spiovute chiome, ragionava così: — «Il Parlamento ungherese ha votato una spada di onore a Francesco Liszt, per qual merito? per una grande agilità negli arpeggi e per aver composto sonate, che intronano gli orecchi. Darò io dei concerti, io, che assorderanno, altro che intronare! farò vedere io, cosa sia lo spadroneggiar sul pianoforte, sul cembalo. E se questo Parlamento non mi decerne la Principessa, vuol dire che son tutti barbari, che nulla comprendono dell'arte, nulla!».

Il tenore guardava dall'alto in basso il musico. Egli era un pezzo d'omo, con certe spallacce, con un petto! e pettoruto! Le marchese e lo banchieresse di tutta le città, nelle quali s'era prodotto, lo avevano sempre distinto. I palchi, le platee, i lobbioni gli avevan prodigati gli applausi ed i battimani; gli erano stati offerti gioielli per sottoscrizione pubblica; i Municipii gli avevano data la cittadinanza onoraria; il popolo gli aveva staccati i cavalli dalla carrozza e ci erano stati degl'imbecilli, che vi si erano attaccati per istrascinarla. Del resto, salvo queste virtù amatorie e canore, nulla: ignorava la grammatica e le creanze. Ma stimava facile di piacere alla Principessa, e di destare negli Scaricabaripolitani lo stesso fanatismo suscitato presso non men colti pubblici e non meno inclite guarnigioni.

Parliamo un po' de' poetonzoli, entrambo compenetrati dalla missione dell'arte; entrambo convinti il poeta essere superiore a tutti ed a tutto (persino alle regole di sintassi e di prosodia) ed il genere umano doversi stare in ammirazione innanzi ad esso e rispettarne e secondarne i capricci ed aspettarne la parola, il verbo, la luce, la rivelazione. Perchè la parola è rivelazione; e la rivelazione è luce; e la luce è verbo; ed il verbo è dio, ed il poeta è vate, ed il vate è profeta. Nell'animo cristallino del cantore ispirato si ripercote tutto il mondo umano e divino; esso animo è il vero centro del mondo. Infelice il secolo, che disprezza e lapida e crocefigge e schernisce e frantende il poeta-messia! Misera quella donna, che potrebbe intrecciar le rose agli allori ed invece circonda di spine le teste radianti ed ispirate! Ma un verso, una parola del poeta vindice reca loro il meritato castigo e li mette alla berlina per l'eternità. Sentir tutto il giorno questa litania non è uno spasso.

— «O Dio!» — pensava la Rosmunda, «quanti vituperii diran costoro di Scaricabarili e di me! Eppure preferisco qualunque ingiuria loro alle lodi, di cui m'infastidiscono adesso!»

Quanto al general Fabrizio Tremolowski, gli era uno di quegli avventurieri, che portano la loro spada dovunque si combatte per la libertà, per una causa giusta e santa! che ogni Governo provvisorio promuove di uno o due gradi, ed i quali hanno arraffata riputazione di prodi senza aver mai preso parte ad una battaglia affrontata o di strategici per una resa. Sono eroi delle quattro parti del mondo, perseguitati da tutte le Polizie, ed alimentati da tutte le sottoscrizioni patriottiche. Ostentano sempre alcun solenne di sberleffe... ricevuto in qualche bisca ed un naso rosso a peperone. Talvolta le rivoluzioni gli impongono anche ai Governi ammodo: allora perdono in tutta fretta una battaglia e poi si pappano per una ventina d'anni la pensione di ritiro.

Ma insomma tutti costoro avevan pure o s'illudevan pure di avere qualche merito: parte vantava nobili studii; parte o giusta o ingiustamente aveva ottenuta o scroccata celebrità o popolarità. Tenore, maestro di musica, poetucolo, pittorello, condottiero, cavalocchi, erano qualcosa. Ma la nullità piena, la più stucchevole oltracotanza, il grado massimo di fatuità si rattrovava nei nobiluzzi spiantati, ne' gentiluomini squattrinati. Nel Regno di Scaricabarili, aboliti feudi e fidecommessi e maggioraschi, i cosiddetti nobili, sprovveduti di qualsiasi privilegio o prerogativa, erano ormai semplicemente de' titolati: e la vanità del titolo faceva sì che non istudiassero e lavorassero; che attendessero soltanto alle femmine, al giuoco, a' cavalli, a futilità. E nondimeno si reputavano dappiù, si figuravano d'essere l'eletta della nazione, chiamavano altavita le occupazioni, che non erano neppure una vita! La Rosmunda, avvezza a conversazioni meno sguaiate, non sapeva rassegnarsi ad ascoltarne i pettegolezzi; ed avrebbe preferito persino il tenore ad uno di siffatti duchi o marchesi.

Tali erano i candidati da burla: privi d'ogni probabilità, non si erano potuti escludere a priori dal concorso, essendosi il partito democratico assolutamente opposto ad ammettervi i soli rampolli di famiglie reali, di dinastie. I candidati serii erano pur sempre Baldassare V d'Introibo, Melchiorre XVII d'Exibo, e Guasparre I d'Antibo, triade scontraffatta.

Il vecchio Baldassare, rimbambito e melenso, supponeva bona fide d'essere un uomo di spirito; e, se non fosse stato monarca, avrebbe fatto stampare la raccolta delle freddure dette e delle melonaggini stampate. Vecchio squarquoio e cascatoio, cascante di vezzi, si pose a fare il cascamorto con la Rosmunda. Brutto gobbo! e' non s'accorgeva nemmanco, che le sue scene, la sua svenevolezza provocava solo i cachinni e gli sghignazzamenti della intera Corte. Componeva e declamava certe anacreontiche, da disgradarne quelle dello Ingarrica; e diceva le più belle corbellerie del mondo con faccia cornea. Un giorno, la Principessa intervenne ad un pranzo di gala con una collana di cammei. E lui: — «Che bel collare porta vilipeso al collo donna Rosmunda!». — Si doveva andare al teatro: la Principessa chiese che musica si dèsse; e lui pronto: — «Il Saffo!». — Per quanto garbata, la Principessa non potè dissimulare affatto un risolino; e lui: — «Lo so, lo so, signora letterata; lo so, ch'è una s impura, lo Saffo, lo Saffo». — Passeggiavano in giardino: la Rosmunda notò, ch'egli stropicciava il piede in terra: — «Che c'è, Maestà?» — «Nulla, ammazzavo uno scarabocchio». — In un gran ballo, mentre la Rosmunda ballava, egli esclamò ad alta voce: — «La Principessa balla come una Stinfalide!».

Per acquistarsi poi l'affetto del popolo, era divenuto la vera caricatura di que' sovrani alla Giuseppe II, celebri per la famigliarità, con la quale permisero a' sudditi d'intrattenerli: frequentava i caffè, i bigliardi, le birrerie, le fiaschetterie, le osterie, le bettole, i liquoristi, i balli pubblici, ogni luogo di ritrovo, e persino quelli che la gente per bene schiva, dimostrandosi affabile, alla buona, alla mano. Ma la famigliarità è pericolosa: mostrarsi nudo e senza prestigio non fa mai conto. Gli stessi grand'uomini non son mai tali pe' loro camerieri; e scapitano sempre nell'estimazione di chi li avvicina con dimestichezza. Figuriamoci poi uno sciocco! Ben presto il monarca d'Introibo divenne il buffone, il zimbello degli Scaricabarilopolitani. Tutti ne facevano strazio. I bell'ingegni del volgo il caricatureggiavano, il mettevano in novelle ed in canzone. Gli si affibbiavano più corbellerie, più balordaggini ancora, ch'egli non facesse o dicesse, e s'era trovato verso e modo di calunniarlo. Gli appiccicavano appigionasi dietro le spalle; i monelli gli facevan ressa intorno e gli si accalcavano alle spalle con battimani e tripudio e grida ironiche. Insomma la plebaglia godeva di vilipendere e schernire in lui la Maestà Regia; ed egli s'immaginava d'esser davvero amatissimo ed accettissimo all'universale, e che quelle beffe fossero le acclamazioni trionfali, mercè delle quali avrebbe ottenuta la Rosmunda.

Il despota d'Exibo era un tipo d'altro genere. Mischiarsi nella folla, lui, Don Melchiorre XVII, lui, persona inviolabile e sacra? E se lo avessero aggredito? E se qualche gaglioffo avesse osato por le mani addosso all'unto del Signore? E se quelle maledette gambacce disuguali, spaiate, fossero state motteggiate da qualche temulento o temerario? Esporsi a pericoli, al ridicolo! Oh no, no, mai! per nulla al mondo! Ma gli Scaricabarilopolitani son gente urbana, ossequiosa: e poi, chi avrebbe dovuto avercela con esso lui? Eh non si sa mai! Nel dubbio, astienti! Eccesso di prudenza non nocque mai. Per amicarsi la plebaglia e propiziarsela, quando usciva in carrozza, preceduto dal battistrada e da un picchetto d'onore, con gentiluomini a cavallo a' due sportelli e seguìto da un plotone di cavalleria, gettava denari di qua e di là. Ne gettava talvolta anche dalle finestre del palazzo, allibendo e tappandosi poi dentro, tutto spaurito, quando i mascalzoni accalcati per raccattarlo s'abbarruffavano od anche solo applaudivano tumultuosamente. Una volta, in una festa a Corte, svenne al bel meglio, perchè alcuni razzi del fuoco d'artificio presero fuoco inaspettatamente prima del tempo. Lui n'ebbe a morir dalla paura: chi sa cosa immaginava che fosse. Notò un'ombra d'uomo, che traversava il cortile verso mezzanotte: subito mandò a chiamar la Polizia, fece circondare e rovistare tutto il palazzo, e, quando fu dimostro, l'ombra esser un guattero, che si recava a far visite notturne alla moglie del portinaio, scrollò il capo con aria incredula, volle raddoppiate le guardie, si lagnò con Re Zuccone della Polizia inetta o complice di non so che regicidio fantastico, e fece cantare un Tedeum in ringraziamento all'Altissimo, per averlo scampato da tanto pericolo. I suoi agenti avevan però continui abboccamenti con persone influenti, con membri del Parlamento; e, profondendo tesori, cercavano di assicurargli buon successo.

Ma, se questi duo proci venivan disprezzati e dal popolo e dalla Principessa, l'autocrate d'Antibo seppe farsi abominare; ed avrebbe appreso ad esecrare il nome di Re alla più monarchica nazione. I modi alteri e facchineschi; le violenze continue; il fasto scompagnato da ogni caritatevolezza; la ferocia dimostrata perfino verso i cani delle sue mute ed i cavalli de' suoi equipaggi: il fecero detestare da tutti... Ma, poich'egli ebbe preso un paio di volte a cravasciate i borghesi, che nol salutavano abbastanza reverenti, tutti gli sciocchi, i quali accorrevano in folla per ammirare lo sfarzo del suo corteo, gli si scappellavano e lo inchinavano. Egli pensava: — «Tiberio avea ragione:! tutto sta a farsi temere. Quelle quattro scudisciate han fatta una impressione tale sugli animi degli Scaricabarilopolitani, anzi di tutti gli Scaricabarilesi, che non c'è dimostrazion d'ossequio, ch'io non possa ottenerne. Sceglieranno me, per paura del castigo, che verrei loro ad infliggere, se osassero antepormi altri. Hanno visto, che meco non si celia. Non sono mica un Re fantoccio alla moderna io, un di questi Reucci costituzionali, o di questi Regoli illuminati: no, sono di quei veri autocrati all'antica, che camminavan sempre con a lato sargenti pronti ad eseguirne ogni comando; ed i quali non isdegnavano, quando mancasse il sargente, maneggiar con le proprie anguste mani il mazzafrustro o la bipenne, cattera!».

Nè Guasparre smargiassava, fanfaroneggiava, millantando vizii che non avesse. Sentite questa. Aveva condotto seco, dal Regno d'Antibo, grandissimo numero di cortigiani, famigliari, domestici e creati; fra gli altri un coppiere, giovanetto imberbe ancora ed al quale diceva di volere un bene grandissimo. Lo aveva soprannominato Coppa d'oro; nè soffriva, ch'altri il servisse di coppa: ed il giovane riconoscente sforzavasi di servirlo di coppa e di coltello. Pure, un giorno, gli venne porto all'autocrate un calice di vino ammoscato; intendi: nel quale stava in infusione il cadaveruccio d'una mosca. Chi descriverebbe i furori di Re Guasparre, allorchè vide la bevanda moschifera? Fece amministrar venticinque buone nerbate al Coppa di oro; e gli dichiarò che, in caso di recidiva, gli avrebbe fatta esalar l'anima sotto le verghe. S'era nell'agosto; ed in Iscaricabarilopoli, città moscosissima, nessuno rimembrava di aver mai visto negli agosti precedenti tanta copia di mosche, tal quantità di mosconi, tanti stuoli di moscerini, tali turbe di mosconcini, tal novero di mosconacci, tal moltitudine di mosconcelli, tanta folla di moschette, tanta adunanza di moscini, tanto popolo di moschettine, tanta frequenza di moscherelli, tanto spesseggiar di moscherini, tanto concorso di moschini, tanto esercito di mosciolini e tanta folla di moscioni. Scaricabarilopoli era tutta un moscaio. I signori salariavano persone apposta per moscare con gli scacciamosche, le ventole, le roste, i ventagli, i paramosche: per ogni stanza si tenevan tre o quattro piattelli con carta moschicida, cinque o sei acchiappamosche prussiani; ed il suolo era bruno per gl'innumerevoli cadaveri moscherecci. Ma non pareva, che quello sterminio le diminuisse: e le moscaiuole ed i guardavivande non bastavano a riparare i cibi e le provviste. La povera gente pappavano mosche in ogni pietanza. Anzi, il dottissimo Dummkopf, professore a Gottinga, nella Filosofia e Storia comparata della culinaria e della gastronomia volume quarto, capitolo sessagesimoquinto, pagina seicentonovantotto della settima edizione, annotata dall'egregio Zeitverlust, racconta, che, abituandovisi, le trovarono finalmente gustose; e che s'inventarono alcuni intingoli speciali per condirle; e che gli Scaricabarilesi son tuttora moschivori ed educano ed ingrassano apposta in certi loro moschili sciami, o gregge di insetti. Cosa, della quale non può dubitarsi, vedendola affermata da due tali rappresentanti della scienza tedesca!

Pensate come stesse attento il pocillatore di Re Guasparre! Pure, il diavolo ci mise la coda; ed una volta, in quella appunto che porgeva un bicchiere di barbèra spumante alla Maestà Sua, ecco una moscuzza scapata e ghiotta casca nel vino. L'autocrate comincia a bere ed avverte un cosa fra lo labbra. Gli salta la mosca al naso, prende la cosa con l'indice e il medio della sinistra, guarda e riconosce la bestiuola semiviva. Chiama Coppa d'oro e gliela mostra sul tondo di porcellana bianca, senza profferir verbo, ma con una guerciata terribile.

Il fante di coppe allibì. Volentieri avrebbe fatto il passo della mosca; ma come svignarsela? Cadde ai piedi del padrone, sclamando: — «Maestà, non faccia d'una mosca un elefante!»

— «Ho giurato», — rispose l'autocrate, che era uomo di parola. — «Vedrai se so levarmi i moscherini dal naso!». E chiamò gli aiutanti: — «Prendete costui, prendetelo; menatelo nel cortile e fategli esalar l'anima sotto le verghe».

Così fu fatto. Le strida del vergheggiato andavano al cielo; ma quel Re crudele non se ne lasciò impietosire; le strida s'affievolirono, divennero gemiti; e l'autocrate chiamato un altro servo gli disse; — «Mi farai tu da coppiere in seguito! Fa, che l'esempio di Coppa d'oro ti valga!».

I gemiti cessarono e gli aiutanti tornaron di sopra, fecero reverenza e riferirono, che la Maestà Sua era stata obbedita. Maestà, che non aveva interrotto il pranzo, non aveva, nè perduto un boccone; sogghignò, e dopo aver sorbillato un bicchierin di Malaga, soggiunse: — «Benone! ma gli è inutile di divulgare il fatto: spero, che saprete tener tutti il cocomero all'erta? Insomma, mosca di quel, ch'è accaduto!».

Ma come occultar certe cose? Quella insigne ferocia fu ben presto di ragion pubblica, e tutta la città sossopra. Cominciarono a farsi capannelli, che poi divennero attruppamenti: la folla sdegnata profferiva minacce contro l'autocrate d'Antibo, contro gli altri pretendenti della Principessa e vociferava di manometterli. Bisognò batter la generale e far circondare dalla forza le residenze di Guasparre, Melchiorre e Baldassarre. Quest'ultimo provò a mischiarsi alla folla, bestemmiando anche lui contro l'iniquità del collega; ma non era momento da scherzare con l'ira popolare, e ci volle il bello ed il buono per ricondurlo salvo in casa. Don Melchiorre tentò di fuggire; e poi, tremando come una vetrice, andò ad appiattarsi fra le materasse, dove il soprappresero dolori colici. Nè dell'esercito stesso era molto da fidarsi per la difesa dell'autocrate di Antibo. Il capitano Sennacheribbo dei dragoni, uno degli uffiziali più stimati, fregiato della medaglia d'oro al valor militare, rispose al colonnello che gli ordinava di recarsi a difesa del Re Guasparre: — «Do piuttosto le dimissioni, che espormi a torcere un capello a chicchessia in difesa di quel mostro». — Fu mandato agli arresti di rigore. Frattanto cominciò fortunatamente un acquazzone dirotto, che disperse la folla senza spargimento di sangue.

Il Procurator generale avrebbe voluto procedere. Ma l'autocrate d'Antibo, alle prime rimostranze fattegli fare officiosamente da Re Zuccone, rispose: — «Essere Re, non esser sindacabile se non da Dio, per la propria condotta verso alcun suo suddito. Non potersi sottoporre ad alcun Tribunale scaricabarilese in virtù del principio d'estraterritoralità. Aver esercitata la propria giurisdizione e compìto un atto di giustizia sopra un suo subordinato. Il caso suo essere identico a quello di Cristina di Svezia, quando fece mettere a morte il Monaldeschi nella Galleria de' Cervi del palazzo di Fontanabellacqua, il dieci dicembre milleseicencinquantasette. Il Re di Francia avere allora riconosciuto il dritto di Cristina ed ammessa la propria incompetenza ad esaminarne la condotta. E lui, Gasparre, esser di più Re effettivo, non abdicatario, eccetera, eccetera». — Diplomaticamente parlando, secondo il Diritto internazionale (che è spesso cosa stortissima) Gasparrino aveva ragione pur troppo, come riconobbero i legisti della Corona. Si lasciò cader la faccenda. Il professore di Diritto internazionale presso l'Università di Scaricabarili ebbe diecimila lire dall'autocrate d'Antibo per iscrivere alcune argutissime Considerazioni sulla giurisdizione, che gli autocrati conservano all'Estero su' loro sudditi e specialmente sulle persone del seguito: nessuno lesse lo scritto, tutti il decantarono per un capolavoro; dopo dieci giorni quasi nessuno pensava più alla morte del povero Coppa d'oro.

Ma come raffigurarvi l'orrore, che la Rosmunda provava per questa tigre in volto umano? e 'l suo sgomento, riflettendo, che forse appunto pel terrore incusso dall'autocrate e per cansare una guerra, ch'egli avrebbe inumanissimamente condotta, popolo e Parlamento potevano lasciarsi indurre, rassegnarsi ad acclamarlo Re, a darglielo per isposo? Diventar moglie di uno capace di far morire un favorito sotto le verghe, perchè ha trovato una mosca nel bicchiere! Uh, povera principessina!

Ella slacciava il legacciolo donato dalla fata Scarabocchiona, se ne cingeva il polso sinistro, il baciava... e subito, immantinente, la terra veniva scossa come da un tremuoto, s'udiva come un rombo d'un tuono, ed appariva quella bellissima donna, tutta velluti e trine e gemme, la quale diffondeva intorno una luce vivida tanto da rischiarare splendidamente la stanza e da fare impallidire qualunque lume artificiale o naturale. La Rosmunda si buttava in braccia alla santola, e si querelava e rammaricava. Quella buona fata ad abbonirla, a confortarla: — «Abbi fiducia! spera! Ti par egli, ch'io ti possa aver porto un consiglio insidioso? che la tua comare ti voglia ingannevolmente precipitare, affogare? Ti par egli? Sta pur certa, che avrai uno sposo degno, un marito stimabile, un consorte conveniente, un coniuge quale il desideri. Ma sai, che dovrei offendermi della tua diffidenza?». — E proseguiva a garrir così per un pezzo. E la figlioccia si rassicurava al quanto ancor essa. Ma poi, ripartita, rivolata via, riscomparsa la madrina, la Rosmunda ricascava nelle perplessità precedenti. Considerando come fra tutti i proci non vi fosse una persona stimabile od amabile, un individuo, al quale potesse rappresentarsi senza raccapriccio di vedersi indissolubilmente legata, ridisperava.

La triade de' concorrenti scettrati, per boriosa che fosse e piena di sè e di poca levatura, capiva arcibenone di essere cordialmente esosa ed abominevole alla reda del trono di Scaricabarili. Malgrado i riguardi cerimoniosi ed il contegno affabile, che venivano imposti e suggeriti alla Rosmunda dalla etichetta di Corte, dalla gentilezza naturale, dalla buona educazione, dalla posizione difficile, in cui si trovava, e dalle raccomandazioni paterne e da' consigli della santola, la poverina non riusciva a dissimular l'avversione per quelle tre caricature mostruose. Essa pensava: — «Qualunque di cotesti concorrenti venga prescelto, ed uno di costoro dev'essere scelto pur troppo, checchè dica la fata per confortarmi; perduta che abbia ogni speranza di redenzione e di salute; quando si tratterà di firmare l'atto di matrimonio innanzi al Presidente del Senato, che tiene i registri di Stato Civile della famiglia reale; io..... sorbirò qualche gentil veleno, il quale mi sottragga all'avvenire miserando, che mi si appresta». — Risoluzioni di tal fatta (ed irremovibili) ben possono occultarsi: ma come nasconder l'aborrimento per coloro, che ce le ispirano? nasconderlo in tutto? Vederci costretti a desiderare ed apprestarci la morte, a diciassett'anni, e quando potevamo ragionevolmente impromadetterci una vita felice, è crudele strazio: altera la salute ed il carattere.

Dunque, i tre Regnanti si sapevano in abominio alla Principessa: e d'altronde cominciavano ad accorgersi, che, malgrado l'imbecherare ed il subornare, malgrado i raggiri e lo cabale, difficilmente avrebbero ottenuta la popolarità e le acclamazioni richieste dalla legge sul concorso. L'autocrate d'Antibo, che aveva un po' più di giudizio, di mitidio, di comprendonio, di sale in zucca degli altri due, pensò bene di convocare il despota d'Exibo ed il monarca d'Introibo ad un concilio privato. S'adunarono inter pocula, loro tre soli. Rimandata la livrea, votate alcune bottiglie di un poderoso vino e squisito, atto ad infonder coraggio persino a Don Melchiorre; il convitatore tenne a' convitati il seguente discorsetto:

«Care Maestà, siamo competitori. Verissimo. Nondimeno abbiamo un visibilio d'interessi comuni. Ciascun di noi brama per sè la bella Rosmunda, e quel, che importa vieppiù, la corona di Scaricabarili. Seicento cinquantaquattromila trecento ventun miglio quadrato di superficie con centoventitrè milioni, quattrocentocinquantaseimila settecentottantanove abitanti, non sono una bagattella. C'è un guaio però: la Rosmunda non digerisce nessuno di noi, e la Nazione, che per mezzo delle Camere mette sempre il becco in molle in tutto, ci ama press'a poco quanto l'epizoozia, anzi l'epidemia. Oh quanto ci sarebbe da riformare, in questo maledetto paese! se giungo ad insignorirmene, do lo sfratto a tutti i chiacchieroni, e... Dunque io credo, che Principessa e Parlamento, piuttosto che qualunque di noi accetterebbero per marito e sovrano quel musico sfiatato, o lo scassinator di cembali, o l'imbratta tele, o quel tagliacantoni del general Tremarella, od uno di que' pennaiuoli, od uno di quei cavalocchi od uno di que' nobilicchi. Io potrei rassegnarmi a vedermi anteporre uno di voialtri, che siete teste coronate e ch'io riconosco per eguali miei; non un cialtrone. Quindi mi parrebbe da escogitare un modo, che assicuri ad uno di noi tre queste nozze. Io ritengo, che non abbiate neppur voi la debolezza di credervi vincolati dal giuramento prestato il primo maggio? No, n'è vero? Dunque il modo è bell'ed escogitato. Diamo una gran caccia, alla quale inviteremo la Principessa. Noi, vi si andrà accompagnati da tutto il nostro seguito; la Rosmunda verrà senza sospetto e con pochi seguaci e senza scorta militare. Nel meglio della caccia, c'impossesseremo di lei, ci sbrigheremo in un modo o nell'altro dei seguaci; e via, a briglia sciolta verso la frontiera. Quando saremo in una piazza forte o vostra o mia, decideremo a chi debba appartenere la preda».

— «Decidiamo ora,» — disse il monarca d'Introibo, ch'era sciocco sì, ma fino ad un certo punto. — «Siamo tutti galantuomini, ma mia nonna diceva: fidarsi è bene, non fidarsi è meglio. Patti chiari e amici cari!».

— «Ma» — rispose Guasparre — «se fissiamo prima colui, che deve godersi il frutto della rapina e del ratto, gli altri due potrebbero credere di non aver interesse ad assisterlo».

— «Bah!» — replicò Baldassarre. — «Facciamo così. Per cansare ogni attrito, ogni gelosia, giochiamocela a' dadi, appena passata la frontiera».

— «Felicissima idea! Ce la dadeggeremo! Che ne dice la Maestà del despota d'Exibo?».

Don Melchiorre trovava dal canto suo infelicissima l'idea, perchè aveva una paura sordida. Ma i colleghi, deliberati a fare il colpo, che lo minacciavano caso non volesse cooperarvi, gli facevan paura anch'essi. Fra' due pericoli scelse per minor male il più remoto; e si obbligò ad esser complice dell'attentato.

Si apparecchiò la caccia nella macchia di Valquerciame, bosco famoso, a non molti chilometri da Scaricabarili. Re Zuccone, vecchio e podagroso, non seguiva più le cacce da qualche lustro ed aveva preferito sempre una buona mensa a questi divertimenti faticosi, e la selvaggina e la cacciagione in tavola alle fiere nelle selve. La Principessa invitata, avrebbe voluto, ma non ardì scusarsi; e promise di trovarsi al convegno, con pochi gentiluomini ed alquante gentildonne di Corte. Il monarca d'Introibo, il despota di Exibo e l'autocrate d'Antibo partirono nottetempo dalla città per giungere a punto di giorno al ritrovo. Ma Baldassarre aveva nei giorni precedenti, sotto colore di disporre tutto per la caccia, mandati i loro seguaci spicciolatamente a scaglionarsi con cavalcature fresche lungo la consolare, che conduceva alla frontiera, la quale non era lontanissima. Alle sei del mattino, la Rosmunda giunse a cavallo co' suoi nel luogo fermato; e la caccia cominciò lietamente.

Secondo il pattuito, la intera comitiva doveva ritrovarsi a cena, verso le nove pomeridiane, nella Reggia di Scaricabarilopoli. E che cena, che cena avevano preparata i maestri di bocca, i cuochi, i cucinatori, i guatteri, i pasticcieri, i sorbettieri di Corte! che vivande! che intingoli! che savori! che vini poi! quanta grazia di Dio! C'era di che soddisfare la fame rabida del cacciatore e da solleticare il palato d'un gastronomo sazio! Tutti aspettavano: ma si fanno le nove, e non giunge nessuno; suonano le dieci, nessuno; siamo alle undici, nessuno; scocca la mezzanotte, nessuno; canta il gallo, nessuno; albeggia, nessuno; spunta il sole, nessuno. E quel ch'è peggio, non un messo, un corriero, che recasse notizie. Cosa mai poteva essere accaduto alla principessa Rosmunda, ed alla intera comitiva? Il povero padre, che non aveva chiuso occhio tutta la nottata, e solo verso mezzanotte, per non venir meno, si aveva mangiato un cestello di frutta di mare, (ostriche, angine, fasolari, cannolicchi), un consumato, un pasticcio di fegato d'oca, una fetta di timpale, del pesce in bianco, quattro costolette di cervo coi piselli, dei petti di pollo ai tartufi, un ponce alla romana ed un po' di cinghiale arrosto, il povero padre, dico, stava sulle spine. Manda corrieri, spedisce aiutanti: non tornano. Finalmente, disperato, chiama il capitano, che in quel giorno comandava la guardia a Palazzo e gli dice: — «Figliol mio, qua dev'essere accaduto una gran disgrazia certo. Fammi il piacere: raduna il tuo squadrone. Non importa che la Reggia rimanga sguernita; basta la guardia nazionale. Corri alla macchia di Valquerciame; frugala tutta, percorrila in ogni senso, per ogni verso, informami d' ogni scoperta con qualche ordinanza e non tornare senza la Principessa. Ha' tu inteso?»

— «La Maestà vostra sarà obbedita. Comanda altro?»

— «Va figliuol mio, che Dio ti benedica. Come ti chiami?»

— «Maestà, sono un trovatello educato per carità da una buona vecchia. Mi han posto nome Sennacheribbo Esposito. M'arrolai volontario; servo da undici anni; mi han conferita una medaglia d'oro per una bandiera presa al nemico; son capitano di cavalleria di seconda classe con dugentoventitrè lire e trenta centesimi al mese e due razioni di foraggio».

— «Va, Sennacheribbo;» — disse Maestà, chiamandol gentilmente pel nome e non pel cognome, quasi ingiurioso, come quello, che gli doveva rammentare d'esser filius nullius, — «Va, Sennacheribbo mio, non perder tempo. E se mi riporti o riconduci sana e salva la figliuola mia, ti giuro che nessuno sarà quind'innanzi al di sopra di te nel mio Regno».

— «Il servire la Maestà Vostra è premio a sè stesso».

E senz'altro dire, fatta riverenza al Re, Sennacheribbo scese, al corpo di guardia, chiamò il trombetta e fece sonare a raccolta. Venti minuti dopo, lo squadrone partiva, galoppando per alla volta di Valquerciame. Lasciamolo galoppare e vediamo di appurar più pel minuto la storia di Sennacheribbo Esposito, capitano di seconda classe nel quinto reggimento Dragoni della Maestà del Re di Scaricabarili.

Lo Esposito non aveva detta cosa al Re Zuccone, che non fosse vangelo. Egli era un trovatello, raccattato un bel mattino per istrada da una donnicciola, che un altro poco il calpestava nell'uscir di casa. Rinvoltato in poveri cenci e sudici, vagiva lamentevolmente. La vecchia sel recò a casa, il fece allattare da una capra e sel tirò su ed il fece andare a scuola e lo amò proprio come figliuolo. Sperava farne un buon operaio, che fosse il bastone della vecchiezza sua, perchè già, l'affetto de' genitori più o meno, ha sempre della speculazione. Sennacheribbo ascoltava a bocca aperta i racconti, che si facevano nelle veglie; e sognava di figliuole di Re incantate, che dovevano esser liberate dal suo valore. Quando a scuola gli cominciarono a spiegare le prodezze di Ercole e degli altri Semidei, non pensava ad altro; e piangeva di essere ancor bambino e di non poter girare pel mondo, emulando i grandi esempi di valore antico. Quando fu più grandetto e capì passati irrevocabilmente i tempi eroici, fu per lui un disinganno amaro. Aborriva dall'ozio, ma il lavoro servile dell'operaio gli ripugnava: aveva bisogno di faticare per guadagnarsi un tozzo di pane e fretta di cessare di essere a carico della sua benefattrice; sentiva profondamente la mortificazione di essere un projeto (Re Baldassarre d'Introibo avrebbe detto, un projettile) d'essere un projeto, allevato per carità, e non meno profondamente la riconoscenza verso colei, che aveva supplito a' genitori suoi. Frattanto scoppiò una guerra; egli poteva aver da quindici in sedici anni, ma era alto e forte, come se non ne avesse contati meno d'una ventina. Vedendo i be' reggimenti, che sfilavano al suono delle bande e delle fanfare e si recavano al campo; vedendo tanti giovani arrolarsi allegramente; egli si crucciava. Abbandonar secretamente la madre adottiva non osava; manifestarle il desiderio di marciare nemmanco: e, per non affliggerla, si macerava. La buona donna però, preoccupandosi della tristezza di Sennacheribbo, che dimagrava, dimagrava e perdeva ogni freschezza di carnagione e l'appetito, ed amorosamente osservando e notando, giunse a discoprire qual baco il rodesse. Era poverella e vecchierella e d'umil condizione, ma non di sensi volgari: sapeva amare con disinteresse e devozione, sapeva. Aveva accolto ed educato quel fanciullo, sperando farne il bastone della sua vecchiaia; ma seppe sacrificare senza esitazioni la sua speranza, i suoi disegni, al bene di lui, alla contentezza di lui. Raggranellò alcuni suoi piccoli risparmii, chiamò il giovane e gli disse: — «Ho scoperto il tuo desiderio. Grazie di averlo combattuto per amor mio. Segui il tuo genio. Non ti dico di risparmiarti, perchè non sarebbe consiglio da darsi ad un soldato. Se t'incoglierà qualche male, sta certo che la mamma tua non ti sopravviverà. Torna, torna presto; torna illeso e glorioso; e non dimenticar mai la povera vecchia, che non ha altra gioia che te».

Sennacheribbo abbracciò la madre, piangendo e giubilando; rifiutò i quattrini; corse ad arrolarsi; e partì la sera stessa pel campo. Mandò una prima lettera, che la povera donna rilesse cento volte; e poi, affaticato dalla istruzione prima, e quindi dal servizio, smise di scrivere, non riflettendo ai palpiti, che doveva provar la sua benefattrice. Succedettero scaramucce e fatti d'armi, ai quali prese parte, e finalmente una battaglia campale sanguinosissima, dove rimasero molte e molte migliaia di combattenti, ma che fu vinta dagli Scaricabarilesi. Parecchie vicine della madre adottiva di Sennacheribbo, le quali avevano figliuoli o mariti o fratelli sotto le armi, avevano ricevute le nuove de' loro ed erano uscite d'ambascia: ella sola non sapeva nulla del suo diletto, se fosse superstite o soggiaciuto. Il Generalissimo spedì, per presentare a Re Zuccone le bandiere conquistate sul nemico, una deputazione, il cui ingresso in Iscaricabarilopoli fu una vera festa nazionale. Tutta la popolazione le corse incontro per vedere que' trofei; per consolarsi, con la vista di quei trofei, de' lutti e del sangue, che costavano. Ma la povera mamma di Sennacheribbo, dubbia ancora del fato del figliuolo, stimando pure di non potere se non augurar male di un silenzio troppo protratto, stette tappata in casa, piangendo e disperandosi, e quasi imprecando alla gioia universale che esacerbava le sue lagrime. Cominciava ad annottare, quand'ecco sente bussare indiavolatamente all'uscio. — «Chi sarà mai?» — s'alza, chè stava filando presso una lucerna fumosa, guarda da una piccola grata e vede sul pianerottolo un ufficiale di cavalleria, col braccio fasciato ad armacollo, che batteva impazientemente la solfa con gli stivali speronati. — «Oh! pover'a me! sarà qualche seccatura di alloggio e non alloggio». — Apre e l'ufficiale le salta al collo e l'abbraccia stretta. Essa lascia cader la rocca, tenta di svincolarsi e grida accorr'uomo! Per tutta la scalinata si spalancano gli usci, accorrono vicini, e che trovano? Trovano Sennacheribbo, che stringeva la madre al petto e le diceva dolcemente: — «Come, non riconoscete più il figliuol vostro non riconoscete, mamma? Non mi volete dar manco un bacio? Oh così va bene. Ma piano per carità, piano, che ho questo braccio qua ferito. Oh che buona mamma mia!».

Era proprio lui, Sennacheribbo, lui proprio, quel desso! Ferito sì, ma con una medaglia d'oro sul petto ed uffiziale. Bagattelle! Altro che risparmiarsi! S'era precipitato come un demonio tra le file nemiche, conquistando una delle bandiere, che il Generalissimo lo aveva mandato a presentare al Re, insieme con parecchi altri gloriosamente feriti. Ora la madre sicuro che il riconosceva! e, mezzo impazzita dalla gran consolazione, non rifiniva mai dal carezzarlo, dal vezzeggiarlo, dal dirgli tante belle cose. Ed i vicini e le vicine a fargli corona e festa e plauso; ad ammirare ed interrogare, a curiosare ed importunare.

— «Senti, mamma; era venuto a chiederti da dormire: sono quattro mesi, che non ho provato un letto ammodo».

— «C'è il tuo lettino. Vi metterò le lenzuola di bucato, profumate di spiganardo».

— «Ma chi va a letto senza cena, tutta la notte si dimena. I miei compagni sono andati al banchetto del quale il Sindaco si fa onore alle spese dei contribuenti; io no: ho voluto venir qua da te. Che mi dai?».

— «Oh poveretta me! Non ho se non un po' di pane stantìo e del cacio di pecora. E come si fa? Tutte le botteghe son chiuse!».

— «Porta qua, che ci ho un appetito militare. E condito da questa salsa ed in tua compagnia, il pan raffermo ed il formaggio mi sapranno meglio d'ogni manicaretto».

— «Ma perchè non mi hai scritto? Avresti trovato qualcosa di caldo almeno!» — dice la povera donna. E non osò soggiungere per non mortificare Sennacheribbo, — «e mi avresti risparmiate tante angosce!».

— «Oh sì, scrivere! scrivere io! se tu sapessi, mamma, quanto pesa la penna alle mani avvezze a trattar la sciabola. Preferisco dar la scalata ad una piazza, anzichè scrivere due righi».

Ho voluto riferirvi questa scenetta particolareggiatamente, acciò vi persuadeste, che Sennacheribbo, in fondo, era un buon figliuolo ed un bravo soldato. Ed ottimo soldato si era dimostro sempre in prosieguo e bravissimo figliuolo. Da sottotenente passò luogotenente, da luogotenente capitano, amato dai compagni, stimato dai superiori, modello proprio dell'ufficiale zelante. Ma, da qualche tempo, aveva perduta l'ilarità naturale; era divenuto pensieroso e malinconico; non professava più l'usato disprezzo pei libri, anzi leggeva di continuo e recitava versi; fuggiva i compagni, e si dilettava nel passeggiar solitario al chiaro di luna. Lo dicevano innamorato. Ma di chi? Vattel'a pesca! Il fecero spiare, il tenner d'occhio; ma nessuno potette mai scoprire la signora del cuor suo. Non un indizio, nonchè un principio di prova, fu possibil di raccorre. A chi tentò di barzellettar seco sull'argomento, fece quasi paura, tanto andò bestialmente in collera; sicchè nessuno osò mai più ritoccar quel tasto. L'umor tetro di lui era raddoppiato, dopo il bandimento del concorso matrimoniale per la Principessa. Scansava di ragionarne e solo emetteva qualche tronca bestemmia, quand'altri toglieva a discorrere, ed aveva più volte dichiarato, che, espletato il concorso, quando avesse a rendere omaggio com'a Re ad uno qualunque di quei proci, darebbe le dimissioni. Abbiamo già riferite le parole profferite da lui nel giorno del tumulto contro l'autocrate d'Antibo, parole, che, per la benignità del colonnello, gli fruttarono solo un mese di arresti di rigore. Era appunto la prima volta, che montava la guardia, dopo scontato quel mese di arresti, quando venne chiamato da Re Zuccone e mandato in cerca della Principessa smarrita.

Galoppa galoppa, senza mai far alto, lo squadrone giunse in una tratta alla macchia di Valquerciame e precisamente al punto, ch'era stato il luogo del convegno dei cacciatori. Lì Sennacheribbo te lo spartisce in tante pattuglie, in tanti pelottoncini, per battere la selva in ogni direzione. Imboscano con le debite cautele, come se eseguissero una ricognizione. Cammina, cammina, ecco, dopo lungo andare, nel più folto della macchia sentono rammaricarsi, un gemere compresso. Seguono la direzione, onde venivano i lamenti, e veggono e trovano, che mai uomini e donne legati agli alberi con salde ritorte ed imbavagliati. Erano i gentiluomini e lo gentildonne di Corte, venuti alla caccia in compagnia della Rosmunda, per farle seguito codazzo, corteo, scorta. La triade regio-brigantesca li aveva fatti imbavagliare, legare ed abbandonar lì: perchè, a condurli via, sarebbe stato un impiccio; ed ammazzarli, una crudeltà supervacanea; ed a lasciarli liberi, avrebbero divulgato troppo presto la notizia del ratto. I maligni dicono, che parecchi tra gentiluomini ed i maggiorduomini... sbaglio, s'ha a dire maggiordomi e maggiorduomini sarebbe troppo contrario al vero, che parecchi tra costoro furono dolentissimi di non essere stati invitati a cooperare all'attentato, e parecchio delle gentildonne scandolezzatissime di non avere ispirato ancor esse idee di ratto. E stavan lì da meglio che ventiquattr'ore, ed avevan passata la notte intiera intiera, battendo i denti in nota di cicogna, crepando di fame, scoppiando di sete, schiattando di paura. Il capitano li fece sciogliere, rifocillare alla meglio e procedette ad uno interrogatorio. Dal quale, sebbene le risposte di quella gente, poco svelta per natura, e più immelensita che mai dal sonno e dallo spavento, fossero confusissime, risultò, che, una ora all'incirca dopo cominciata la caccia, erano stati aggrediti e sopraffatti da' satelliti de' tre sovrani stranieri, malmenati, affunati ed abbandonati in quel modo con le sbarre in bocca. E la Principessa? Anche lei era stata sacrilegamente manomessa: presa e tentando di svincolarsi e difendersi con la coltella da caccia, aveva leggermente vulnerato l'autocrate di Antibo. Ma, insomma, aveva dovuto cedere al numero ed alla violenza: l'avevano legata in sella e portata via, correndo a spron battuto verso Occidente, in direzione della frontiera, insomma.

Sennacheribbo corso allo spiazzo, là dove gl'indicavano avvenuta la lotta; e vi trovò di fatti l'erba calpesta, tracce di sangue, qualche panno cruentato e qualche scampolo di fune. Vide brillare un oggettucolo: corse a raccoglierlo. Era una legaccio con fibbia d'acciaio, che evidentemente aveva dovuto staccarsi nel contrasto dalla gamba o dalla coscia della Principessa; perchè veramente ignoro, se la Rosmunda solesse allacciarsela al disopra o al disotto del ginocchio: alcuni degli scrittori alemanni, che narrano le storie scaricabarilesi, affermano l'una ipotesi, altri l'altra; ed io nel dubbio, son di parer contrario. Sennacheribbo raccolse ed intascò quella reliquia della rapita con maggior devozione certo, che Odoardo III d'Inghilterra non provasse nel raccattar la giarrettiera della contessa di Salisbury; e la lontananza della Principessa preveniva ogni pericolo che egli potesse imitare la disadattaggine del Re ed essere costretto a rimediare con un Honny soit qui mal y pense ad un'alzata di sipario involontaria. Poi pensò al da fare, e s'attenne al primo disegno, che gli si affacciò alla mente e che stimò buono. Vale a dire d'inseguire i rapitori; lasciare, che cavalli e cavalieri si riposassero per un quattro o cinque ore; e poi, mettersi nella pesta dei tre Re, requisire cavalli di cambio per via; sconfinare occorrendo; raggiungere i ladroni nelle loro tane; ma non tornare indietro, se non ricuperata la Principessa, come il Re gli aveva imposto. Era un giuoco difficile e rischioso: i plagiarii avrebbero avuto circa trentasei ore di vantaggio, e dovevano aver prese mille precauzioni per assicurare sè e la preda. Ma Sennacheribbo calcolava appunto sulla sicurezza in cui dovevano essere, riposando su questo vantaggio e queste precauzioni. Prese un soldato intelligente e lo spedì alla Maestà del Re, latore d'un breve dispaccio ed incaricato d'una lunga imbasciata. Ai gentiluomini ed alle gentildonne diede per guida un taglialegna che li accompagnasse fuori della macchia. Ordinò ai suoi uomini di inferraiolarsi e sdraiarsi per le terre e di riposare alquanto, mentre alcuni comandati preparavano il rancio con la cacciagione abbandonata da' tre Re.

Lui, Sennacheribbo, inferraiolato anche lui, si sdraiò anche lui per le terre in disparte ed avrebbe voluto sonnecchiare e ristorarsi: ma che? Non gli riusciva di chiuder occhio. Il sangue bollente gli scorreva impetuosamente nelle vene, come metallo fuso ne' canaletti, pe' quali si dirama nel gettarsi una statua. Le arterie delle tempie gli pulsavano audibilmente al pensiero, che donna Rosmunda, per iniquo tradimento, trovavasi in balìa, in potestà di tre malandrini senza coscienza. E, nel silenzio di quella selva notturna, gli divenne chiaro per la prima volta, confessò per la prima volta a sè stesso di essere innamorato della Principessa. Non gli date del pazzo!; egli medesimo, stringendosi sulla fronte il freddo fodero metallico della sciabola, chiedeva, se avesse dato di volta? se un ramo occulto di follia si dichiarasse? Un povero capitanellozzo di seconda classe, spiantato, orfano, esposto, innamorarsi, ma quel che si dice innamorarsi perdutamente, della erede di un Regno di seicencinquantaquattromila trecentoventun miglio quadrato di superficie e con centoventitrè milioni, quattrocencinquantaseimila settecentottantanove abitanti! Perchè non s'era presentato al concorso matrimoniale? Appunto perchè non pazzo, appunto perchè consapevole della distanza che il separava dalla sua donna. Amava disperatamente. Aveva voluto negare a sè stesso quella passione aveva chiamato orgoglio nazionale, zelo per la cosa pubblica, devozione alla dinastia, fervore per l'onore di Casa Reale, cura per la felicità della figliuola de' suoi Re, l'odio concepito contro i ridicoli proci ed abominevoli. Ma ora non poteva dissimularselo: era gelosia bell'e buona. Le passioni conculcate e contrastate divampano con veemenza maggiore: era gelosia frenetica. Nello agitarsi, sentì in tasca un fagottino, che, stretto fra il suolo ed il femore, gli dava noia. Era il legaccio della Principessa. Cacciò fuori quel gingillo, che aveva toccate le belle membra della sua donna: e si propose di non manifestare ad alcuno quel ritrovaticcio; di custodirlo segretamente come l'avaro che fa del tesoro; di portarlo sul petto in quella impresa avventurosa, che, secondo ogni probabilità, doveva riuscirgli funesta, come un talismano. Lo guardò, lo considerò; vi piovve sopra alcune lagrime virili; se l'avvolse al collo; se l'avvolse intorno al polso destro, intorno al sinistro; e, senza saper quel che si facesse, lo baciò.

Non appena l'ebbe tocco con le labbra, ecco scuotersi la terra ecco il barbaglio d'un lampo, ecco brontolare il tuono. Una folata di vento stormì di improvviso per la foresta. Ed il giovane sorpreso, nell'alzar gli occhi si vide dappresso una donna leggiadrissima, tutta velluti e trine e gemme, la quale diffondeva intorno una luce vividissima, tanto da rischiarare splendidamente il bosco e da fare impallidire la luna che spuntava roggia ed immensa. Sennacheribbo la squadrò dapprima attonito; ma vinta la prima impressione di stupore, da quel cortese ufficiale che egli era, balzò in piedi, si cavò il cimiero, le fece un inchino umilissimo e chiese in che potesse servirla, alla bella incognita.

— «Veramente, io dovrei far io questa domanda» — gli fu risposto. — «Non mi hai tu chiamata?».

— «Chiamata? io? come? quando? e perchè avrei dovuto chiamarla, se da poi ch'io l'ho data a balia, non l'ho più vista? se ignoro persino il suo riverito nome?» — replicò Sennacheribbo, impermalito un po' di quel tu famigliare.

— «O non ti sei tu cinto quel legaccio intorno al polso sinistro e non l'hai baciato?».

Il povero capitano si fece ponzò, come un ladruncolo catacolto in flagranti. Divenne burbero: — «Scusi, madama, chi le dà il dritto d'immischiarsi nelle mie faccende, di spiare i fatti miei? Sacristia! cosa importa a lei quel ch'io fo e quel ch'io non fo? Questo affare a lei punto non appartiene. O per Bacco, forse che io la interrogo sul perchè va gironzoni a quest'ora sola soletta nella macchia? faccia il comodo suo; ed io e gli altri fare il proprio, cattera! E il tu, lo serbi per i suoi domestici, sa ella? O guarda un po' cosa capita..».

La formosissima sconosciuta sorrise: — «Ma, capitano, signor capitano, è Vossignoria che mi viene a disturbare. Io sono la fata Scarabocchiona: della quale avrà senza dubbio inteso parlare, santola della Principessa Rosmunda. E le fate non parlano in terza persona a nessuno, anzi in seconda singolare a tutti, persino a Dermogorgone, ch'è il Re loro. Quel legacciuolo è incantato di tal sorta, che, legandolo al polso sinistro e baciandolo, mi si costringe ad apparire; mi trovassi lontana centomila miglia, fossi occupata a... (stavo per dire una corbelleria) mi è forza di apparire immediatamente. Lo avevo regalato alla mia figlioccia; e strasecolo, nel ritrovarlo al polso di un capitano di cavalleria con tanto di baffi. Che malgrado le mie fatazioni la Rosmunda m'abbia a riuscire una scapatella?».

— «Ah, signora fata» — sclamò Sennacheribbo raumiliato, — «scusatemi tanto! Avrei dovuto riconoscervi subito dalla bellezza e dalla maestà vostra sovrumana. Perdonatemi! mi vedete turbatissimo, fuori di me. E poi non sapevo nulla nulla della fatazione della legaccia».

La fata era donna: Sennacheribbo le apponeva carne di lodola; n'era ghiotta, come tutte, e sorrise compiaciuta: — «Ma chi ti ha data la legaccia?».

— «L'ho rinvenuta qui per le terre» — disse il giovane, e le narrò ogni cosa: la caccia; il ratto della Rosmunda; e l'intenzione sua di racquistarla o morire. E disse in modo, che palesava quanto gli stesse a cuore la Principessa e quale altro affetto, e più potente che devozion di suddito, lo stimolasse a quell'ardimento. Ah non sempre riesce il dissimulare!

La fata Scarabocchiona ascoltò tutto attentamente e comprese quel, che il signor capitano taceva. Cavò di tasca un suo libretto di marocchino a fermagli d'oro e legato alla cintura con una catenella d'oro a grandi anella, lo aperse, lo percosse con la sua verga criselefantina di squisito lavoro, lo scartabellò, mormorando sempre:

Per questa verga magica,

Pel nome del Re nostro,

Libro degli incantesimi,

Dal tuo sincero inchiostro

Dove que' prenci fuggano

Tosto mi sia dimostro.

E poi lesse alcune pagine sotto voce. Rivolgendosi quindi al capitano: — «Come farai per raggiungere que' rapitori, prima che siano in salvo nel girone di qualche fortezza antiboina, exiboina od introiboina? Sai quanti chilometri di vantaggio hanno?».

— «Circa trentasei ore; farò sferzare e sforzare i cavalli; li farò cambiare per amore o per forza, con le buone o con le brutte, durante la corsa; giungerò con dieci uomini, giungerò solo; ma giungerò, voglio sperare, se non per liberare la mia Principessa, per ammazzare almeno uno de' tre monarchi e per esser trucidato sotto gli occhi di lei».

— «Sai la strada battuta da' tre Re?».

— «Ne ritroveremo le orme, le vestigia; prenderemo lingua, c'informeremo, cammin facendo. Non si tratta mica d'una brigatella, che possa passare inavvertita affatto».

— «Que' ladroni galoppavano verso i confini d'Antibo. Per quanto isferzassi ed isforzassi i cavalli, per quanto li cambiassi, non potresti raggiungerli mai, tanto sono montati meglio di te e de' tuoi, e tanto è il vantaggio, che han preso. E poi, scusami, morire senza ottener l'intento e sapendo, che non può ottenersi per quella via, sarebbe ragazzata».

— «Sua Maestà mi ha imposto di non tornare senza la nostra Principessa».

— «Ed io ti giuro, che, se non fossi qua io per assisterti, non tornare potresti bene; ma tornare con esso lei non ti riuscirebbe. Ma io toccherò dragoni e cavalli con questa mia verghetta criselefantina e ne ventiquattruplerò le forze. Va, chiama il tromba, fa che lo squadrone si raduni e salga in arcioni, e precipitati a galoppo sfrenato dietro il fuoco fatuo, ch'io ti darò per guida.» E, così dicendo, percosse il suolo con la magica bacchetta criselefantina, mormorando:

Da le profonde viscere

Di acquitrinoso suolo,

Levati, o fuoco fatuo,

Splendido e ratto a volo.

Immediatamente un bel fuoco fatuo, dalla fiamma azzurrina, ristette fra le piante della macchia ad una ventina di passi da' due: tremolava, oscillava, dondolava, s'incurvava, balzellava lievissimamente, come la fiamma di una candela in mano di fanciulla che cammini pian piano, guardinga. La fata proseguì:

Dove quei cani prencipi

Traggon la mia diletta

Questo drappello vindice

Pronto a guidar t'affretta;

Fa che agli empi sollecita

Incolga aspra vendetta.

Poi, rivolta a Sennacheribbo: — «Attergati a questa fiammella, senza alcun sospetto, con la stessa fede cieca con cui ti si attergherà il tuo squadrone. Quando la vedrai fermarsi e sparire, sappi che hai raggiunti i rapitori della Rosmunda. Dipenderà dal tuo valore, dalla tua prudenza, il liberare allora la Principessa. Io posso consigliar gli uomini ed agevolar loro le imprese difficili e renderle possibili; non compierle in vece loro io. A rivederci. Se hai bisogno di me, trovandoti negl'impicci, sai pure come chiamarmi. Ma non farlo alla leggiera». — Così detto disparve.

Sennacheribbo si rimase estatico, trasognato, strasecolato, strabiliando, irresoluto, infraddue, non sapendo che si fare, a che risolversi, a qual partito appigliarsi, che pensare di quell'avventura e di quell'apparizione. Ed avrebbe stimato tutto immaginazione, sogno, visione, illusione, allucinazione, fantasmagoria, se non si fosse veduto a venti passi quel fuoco fatuo irrequieto, che andava e veniva su e giù, che tremolava, oscillava, dondolava, s'incurvava, s'assaettava, balzellava, come impaziente d'incamminarsi. Fidare in un fuoco fatuo, sceglier per guida una meteora, non sembrava al capitano veramente il più savio dei consigli, anzi vi ripugnava, come da cosa affatto contraria a tutte le consuetudini delle truppe in marcia. E poi, come applicare il Regolamento? come porgli allato due cavalieri con ordine d'ammazzarlo al primo sospetto di tradimento, alla prima velleità di fuga? E trascurando le precauzioni imposte da' regolamenti, non incorreva forse nelle pene comminate dal Codice militare? non assumeva una tremenda responsabilità? Poteva avvalersi degli spionaggi della fata Scarabocchiona? E chi gli assicurava che fosse proprio lei quella donna? Ci son tanti che negan persin l'esistenza delle fate! D'altronde il desiderio di pur salvare la Principessa, cosa affatto impossibile (dovea convenire) co' suoi mezzi naturali a sua disposizione; la tema di passare per pauroso agli occhi di quella sedicente fata e del fuoco fatuo istesso; la brama di adempiere e di obbedire alle raccomandazioni di Re Zuccone; sopratutto poi l'amore e la gelosia, lo stimolavano a profittare della scorta e dell'aiuto soprannaturale. — «Per mal che la vada cosa può accadermi, eh? Che questo fiammazzurro mi conduca a scavezzarmi il collo in qualche dirupo? Vada per lo scavezzacollo! Che mi conduca ad affogar con l'intero squadrone nella mota d'un qualche pantano? Vada per lo affogamento! Più che una volta non si muore. Tromba, ehi tromba!».

— «Capitano!».

— «Suona la sveglia! suona a raccolta! Svelti, figliuoli! A cavallo e seguitemi! Viva la Principessa donna Rosmunda!».

Ufficiali e bassaforza, furon tutti desti e pronti in un batter d'occhio. Cattera, la fata Scarabocchiona li aveva tocchi con la verga d'oro e d'avorio, ventiquattruplandone il vigore, il valore, la disciplina, l'ardire, sicchè si sentivano da più di loro, più che uomini. I destrieri vergheggiati anch'essi alla criselefantina, nitrivano, innivano, scalpitavano, scodinzolavano, scuotevan le giubbe, drizzavan le orecchie, tutti brio. Anch'essi valevan ventiquattro volte più di prima. Era una bella notte serena, stellata: i cani uggiolavano, gli allocchi bubbolavano, gli assiuoli chiurlavano, le civette squittivano, i cuculi cuculiavano, i gufi gufeggiavano, le rane gracidavano, i grilli grillavano, altri insetti stridevano e gli usignuoli gorgheggiavano; mille diverse fragranze balsamiche ed aromatiche, mille odori, mille profumi, mille olezzi impregnavano l'aria; le stelle scintillavano, la luna rischiarava, i fuochi del bivacco divampavano, le lanterne dello squadrone splendevano, ed il fuoco fatuo brillava con dolce luce ed azzurrognola, tremolando, oscillando, dondolandosi, incurvandosi, assottigliandosi, ballonzolando, dimostrando con tutti i modi che madre natura ha concessi a' fuochi fatui, l'impazienza di prender l'abbrivo. Finito l'appello, messi gli uomini per due, Sennacheribbo gli si rivolse e disse:

O splendida meteora,

Eccoci pronti! Orsù,

Dacci il segnale, muòviti

Non indugiam di più.

Per vie battute e impèrvie

Selve, di su, di giù,

Donna Rosmunda guidaci

A trar d'affanno tu!

Il fuoco fatuo si mosse, con velocità iniziale poco minore di quella d'una palla scagliata dal cannone liscio di ventiquattro, e dietro tutto lo squadrone, come se caricasse. I cavalli spiccavan salti di ventiquattro metri l'uno, anzi salti della distanza, che separa due pali del telegrafo. Sarebbe stato uno spavento il vedere ed udire questa massa nera, preceduta da una fiammella azzurrina, che passava con l'impeto della tempesta, con lo scroscio del tuono, come una tromba fragorosa e gravida di folgori: ma era notte fitta, ed i campagnuoli, i contadini, i villani, gli agricoltori, i zappaterra, russavan tutti nei tugurii. Galoppa, galoppa, galoppa; vola, vola e vola; divorarono le tante miglia che conducevano alla frontiera del Regno. Frontiera, che il monarca d'Introibo, il despota d'Exibo e l'autocrate d'Antibo avevan frattanto già varcata con la bella prigione.

Rosmunda! Aveva tentato di difendersi, di svincolarsi e persino vulnerato con la coltella da caccia Re Guasparre; aveva poi tentato di fuggire; ma tutto indarno! l'avevano inbavagliata, ammanettata, impastoiata, incapestrata, e gittata, e legata per la cintura, trasversalmente sulla sella: con le braccia dietro, come un sacco di grano e via! I cavalli eran lanciati al gran galoppo, e venivan mutati ad ognuna di quelle stazioni, che il prudente autocrate aveva scaglionate lungo la consolare. I tre, giunti sul territorio antiboino e stimandosi ormai al sicuro da ogni inseguimento e sentendosi stanchissimi da quella cavalcata a rompicollo, risolvettero di fare un alto, anzi di far tappa e di riposarsi alla prima osteria. Di fatti entrarono Al gallo d'oro, buon vino e buon ristoro, alloggio e stallatico; che aveva per insegna un gran galletto giallo scarabocchiato sul muro, accanto alla frasca canonica, col motto:

Quando questo canterà

Credito si farà,

Oggi no, domani sì;

Patti chiari, amici cari.

Il Gallo d'oro era una tavernaccia isolata, di fama dubbia, che aveva per clientela i trainanti, i cavallanti ed il contrabbandierume dei dintorni; non offriva dunque comodi maggiori di quelli, che tal gente richiede e paga. Il buon vino era una mistura d'acqua di fonte, acquavite di patate, e non so che sostanze coloranti; il buon ristoro, pane stantìo, formaggio pecorino, salame di asino, carne di capretto e qualche volta un po' di caccia o qualche uova od un par di pippioni, o qualche pesce pescato nel fiume regale, che scorreva poco lontano. Ma si sa, in viaggio, bisogna sapersi contentare: i tre Re morivano di fame, di sete e di stanchezza; quindi smontarono, ordinarono da pranzo e deliberarono di aspettare in quel luogo il ritorno d'un corriere, che Guasparre spedì al comandante d'una piazza forte vicina, acciò gli venisse incontro con due o tre Reggimenti e carrozze ed ogni ben d'Iddio.

Mentre l'oste e l'ostessa tagliavano il collo a galline e piccioni e scendevano in cantina a prender del migliore, ancora tutt'assonnati, come quelli, che eran stati desti in sul meglio del dormire, e trasognati, come quelli, che per la prima volta albergavano de' Re, l'autocrate d'Antibo disse a' compagni d'iniquità: — «Signori, io son galantuomo. Abbiamo fatta una preda, un bottino, una presa, una caccia, chiamatela come volete, in comune, in società, in accomandita, viribus unitis, cooperando: ed in società dovremo incontrare le conseguenze del nostro operato».

— «Pur troppo!» — sospirò Don Melchiorre, che aveva paura, ma paura!

— «Bah! tutto finirà per arrangiarsi,» — sghignazzò Baldassarre V, il quale non aveva ancor ben compresa, m'immagino, la gravità dell'atto perpetrato.

— «Patti chiari, amicizia lunga. Abbiamo fermato di dadeggiar questa femmina, subito dopo varcata la frontiera scaricabarilese. Presto, mentre ci apparecchiano un po' di colezione, qua i dadi e sbrighiamoci. Chi ha tempo non aspetti tempo».

— «Giochiamocela piuttosto all'oca, dilettevole per chi gioca e chi non gioca,» — propose il monarca d'Introibo.

— «Un emendamento, Maestà mie. Teniamola piuttosto in comune, finchè ogni guaio non sia terminato: allora, sorteggeremo,» — suggerì Don Melchiorre XVII.

— «Nossignori, nommaestà,» — replicò l'autocrate. — S'è detto di dadeggiarla, dadeggiata dev'essere; s'è detto, subito dopo varcata la frontiera, dunque adesso, subito, immantinente, senza frapporre indugio, senz'altra tardanza. Bisogna stare alla convenzione, al pattuito. I dadi! In tre colpi! Chi tira il punto maggiore, se l'abbia pure. La proposta di Don Melchiorre è inaccettabile. Vel confesso: dopo che la nostra prigione mi ha naverato nella macchia di Valquerciame, ogni amore, ogni desiderio, ogni misericordia è morta in me. I riguardi dovuti a voialtri, il rispetto de' trattati, ed anche la speranza d'una vendetta più squisita e prolungata, mi han solo trattenuto dal segarle la gola lì per lì, dallo sgozzarla issofatto, dallo scannarla su due piedi. Ch'io sia il vincipremio, non la farò mica mia. Anzi la farò appendere per li capelli ad una forca di cinquanta cubiti e ve la farò morire di fame e di strazio».

— «Io,» — disse il despota d'Exibo, — «se m'ha da toccare a me, la riterrò come ostaggio. Così, per amor di lei, perchè non venga bistrattata o sacrificata, Re Zuccone dovrà astenersi da ogni atto ostile. Mi servirà da parafulmine: se la vogliono illesa, mi hanno da lasciar tranquillo guà!».

— «Ed io» — soggiunse Re Baldassarre — «ritengo che nè la Principessa; ned il padre; ned il popolo scaricabarilese quando il monarca d'Introibo l'impalmasse, potrebbe fare altro se non ringraziarmi e ringraziar Domineddio dello stratagemma, dell'astuzia, del ripesco, della malizia, alla quale ci siamo appigliati per abbreviar la faccenda ed evitare un giudizio di plebe o di assemblea sul nostro merito».

— «Benone!» — ripigliò Guasparre — «ognuno si regolerà come giudica meglio. Su, aiutanti, procacciateci dei dadi ed un cornetto» — proseguì poi aprendo la bussola e rivolgendosi agli ufficiali, che stavano nella stanza antecedente, — «e fate condur qui da noi la prigioniera».

— «Sciolta, Maestà?».

— «Sciolta un corno: chi ci assicurerebbe dai suoi unghioni? e se l'avete sbavagliata, rimbavagliatela ammodo: che non vogliamo esser disturbati dalle grida di quella pettegola, mentre si gioca».

Quell'uomo lì veniva sempre obbedito a vapore. Due minuti dopo, erano sulla tavola un cornetto e due dadi, i quali avevano spesso servito a contrabbandieri e ladruncoli per disputarsi i loro lucri o per dissanguare qualche zugo: ora dovevan servire a tre Maestà per disputarsi l'erede di un reame di seicencinquantaquattromila trecentoventun miglio quadrato di superficie con cenventitrè milioni, quattrocencinquantaseimila settecentottantanove abitatori. Poi la Principessa sempre affunata ed imbavagliata ut supra, fu portata dentro avvincigliata su d'una seggiola sconnessa. L'autocrate d'Antibo le spiegò sghignazzando, ingiuriandola e dandole del tu, ch'ella era la posta del giuoco.

Fecero alla morra chi dovesse cominciare: — «Questo è giuoco da facchini, bifolchi e guardaporci», — dice Giordano Bruno. Toccò a gettare i dadi per primo a Don Melchiorre, in secondo luogo a Re Baldassarre, in terzo all'autocrate d'Antibo.

Il timido zoppo agitò per un bel pezzo i dadi nel cornetto, e finalmente li rovesciò pian pianino sul tavolo: fece tre e due.

— «Tua non sarà di certo», — disse gongolando il gobbo rimbambito; e, toltogli il cornetto dalla mano, e rimessivi i dadi dentro e fattili ballonzolar più volte prima con la destra, poi con la sinistra, tirò cinque e sei. — «È mia! mia! mia!», — esclamò tripudiando com'un fauno.

— «Non ancora, fratelmo!» — disse il guercio. — «Per buono, il punto è buono. Ma chi sa, fratelmo, chi sa!». — Prende convulsamente il cornetto, che Baldassarre aveva gittato sul desco rincludendovi i dadi e li butta senza nemmanco agitarli.

— «Sei e sei!» — gridarono gli altri due. — «Il punto di Venere!».

— «Quindi innanzi punto di Nemesi!» — corresse Guasparre: — «Signori, questa donna, ch'è indiscutibilmente nostra per dritto di rapina, poss'io quindi innanzi dirla esclusivamente mia, di loro pieno consenso?».

— «Senza dubbio alcuno!».

— «Posso farne quanto m'aggrada?».

— «Si accomodi pure!».

— «Quest'affare a noi punto non appartiene».

— «Sia lodato il cielo! Senti qua, Rosmunda: io ti amava; mi piacevi. Tu mi hai ricolmo di mortificazioni. Invece di antepormi e preferirmi subito e senz'altro a tutti, mi hai dati un subisso di concorrenti, tutti da meno di me, nessuno dei quali ti era meno accetto di me. M'è stato riferito, che mi hai dileggiato, perchè non ho gli occhi come i tuoi, che mi hai maledetto perchè non ho un animo effeminato.... Or bene, ci ho però visto tanto da raggiungerti; e della mia crudeltà farai esperimento tu stessa. Appena aggiornato, appena giunti que' tre Reggimenti che ho mandato a chiamare, sai cosa? Farò rizzar dai guastatori le forche su quella collina, onde si scorge il Regno di tuo padre ed il corso del fiume regale che passa per la tua città nativa. E ti farò appendere pei capelli alle forche. Ignuda in faccia a tanti soldati, sora schifiltosa. E morrai di fame e di strazio lassù. E ti farò sbavagliare per deliziarmi delle tue querimonie, de' tuoi lamenti, delle tue grida, de' tuoi rantoli, brutta segrennaccia, pettegola! E vedremo poi cosa potranno per vendicarti quel zuccone di tuo padre e quelli, che ti avrebber dovuto essere sudditi; giacchè per salvarti oramai non può più nulla nessuno, nessuno, nessunissimo!».

Ed alzava la mano per lasciarle andare una guanciata, quando una voce stentorea, che gridava: — «Sbagli!» — gli fece trattenere il colpo e volgere il capo. Sulla soglia della stanza, con la sciabola evaginata in pugno, stava ritto Sennacheribbo; e dietro a lui si accavalcavano i più dei suoi dragoni. Sogghignavano amaramente; ed il capitano a ripetere: — «Sbagli messere! Signori, avete fatto i conti senza l'oste».

La destra dell'autocrate cercò istintivamente l'impugnatura di una spada: ma era inerme. Gridò: — «Tradimento! a me! Antiboini, al Re vostro!» — e corse alla finestra unitamente ai due córrei. Ma i loro compagni stavano affunati a coppie e distesi per terra in un cantuccio del cortile, ed i dragoni scaricabarilesi, posti in sentinella dovunque, spianando i moschettoni, li costrinsero a rientrare nella stanza. In un battibaleno vennero afferrati, ammanettati alla lor volta e trasferiti ed incatenacciati in un bugigattolo oscuro, sebbene protestassero arrogantemente contro questa violazione sacrilega della

Maestà Regia, del dritto delle genti, de' confini. O parlassero antiboino od exiboino od introiboino o scaricabarilese, i soldati non davan loro retta, anzi facevan le viste di non intenderli neppure. Ed il capitano Sennacheribbo aveva altro in capo, e s'affaccendava intorno alla principessa, alla sua Rosmunda, a sbavagliarla, a scioglierne, a spezzarne, a troncarne le legature, ed impartire ordini, perchè le preparassero qualche cordiale, un letticciuolo, una camera. Appena sciolta, ella balzò in piedi, come per fuggire, con gli occhi stralunati; ma, soprappresa da tremiti nervosi e con le membra intorpidite, potè solo profferire un: ohimè! e cadde svenuta fra le braccia del giovane.

Non gl'invidiate l'incarico soave! Non vide mai persona più impacciata del nostro Sennacheribbo. Il sorreggere una donna in deliquio è sempre grave, per quanto cara la si possa avere, per quanto innamorati se ne sia, giacchè pesa. Leggiera come un uccello è una metafora tanto falsa ed esagerata che rasenta lo eufemismo.

Moralmente potrà ben dirsi:

Quid levius pluma? pulvis! Quid pulvere? Ventus!

Quid vento? Mulier! Quid muliere? Nihil!

Ma, fisicamente, è un altro par di maniche.

Le donne pesano sempre; e svenute, sempre come insegna la fisica, pesan di più. Ma quando poi la svenuta è la nostra sovrana, l'erede del trono, la futura Regina di seicencinquantaquattromila trecenventun miglio quadrato di territorio e di cenventitrè milioni, quattrocencinquantaseimila settecentottantanove sudditi; e che noi, che la sorreggiamo, non siamo se non un povero capitanucolo de' dragoni, un trovatello spiantato.... mamma mia, che imbarazzo allora! oh che impiccio! che impaccio! che briga! che soggezione! che paura di violar qualche canone di etichetta! Chi sa quali regole prescrive l'etichetta delle Corti ne' casi analoghi? Chi sa quali siano le disposizioni del cerimoniale? E come apprestarle soccorso? come farla rinvenire? Recarsela in seno e portarla di peso su qualche letto ed adagiarvela? Misericordia! che familiarità indebite! Spruzzarla d'acqua? Che irreverenza! Slacciarle il busto e la gonna? Che orrore! E non esserci una camerista per accudirla! L'albergatrice? Ohibò! donna equivoca, schifosa, ed antiboina per giunta: come mai commetterle la cura e la salute della Principessa? E contate per nulla lo spavento? E se la tramortita morisse? Che responsabilità terribile! Morire forse per mancanza di assistenza, per trascuraggine, per pusillanimità del protettore! Il povero capitano stava fuori di sè. Per buona ventura, gli sovvenne del legaccio incantato. Senza lasciar di stringersi timidamente al petto la Rosmunda che sarebbe sennò stramazzata per le terre, sbottonò la tunica, trasse quel gingillo, che portava sul cuore, lo ravvolse intorno al pugno sinistro e v'imprese un bacio.

Non appena l'ebbe sfiorato con le labbra, ecco vacillar la terra come tremuoto; ecco divampare come un baleno; ecco un rombo come di tuono; ecco un vento impetuoso fischiare per gli anditi della casupola; e restare innanzi al capitano una donna avvenentissima, tutta velluti e trine e gemme, la quale spargeva intorno una luce vivida tanto da rischiarare splendidamente la stanza e da oscurare, ecclissare i torchi accesi ed il lume della alba che incominciava a penetrare dalle finestre spalancate.

— «Cara fata Scarabocchiona» — disse l'ufficiale, — «eccovi la vostra figlioccia, sana e salva, com'io credo, ma svenuta. Qui non ci son donne ed i miei dragoni sarebber bravi ad ammazzar giganti, ma non sanno trattar una creaturina come questa. L'affido a voi, dunque. Curatela voi; fate voi che rinvenga».

— «Povera figliuola mia!» — sclamò la fata, e sedutasi sur uno sgabello prese in grembo e coperse di baci la giovane sempre in deliquio.

— «Fata benedetta mia, se, come ogni fata d'un certo grado, possedete anche voi un carro alato o tirato da draghi e da ippogrifi, ve ne scongiuro, riconducete voi, al più presto, la Principessa nella Reggia di Scaricabarilopoli dal padre. Frattanto io corro a sbrigare ed aggiustare un certo conto coi rapitori; e bramerei non aver impicci di donne qua presenti».

— «Non temere; la ragazza rimane nella mia custodia. Bravo Sennacheribbo, corri pure a far quel che occorre. Penserò io a rintegrar la Rosmunda nel dominio paterno. Vai, vai pure,» — disse la Scarabocchiona, ed alzando la verga criselefantina mormorò certi versetti:

O rosei draghialigeri

Che il plaustro mio traete;

Da' vostri eterei pascoli

Qui qui presto accorrete!

Ed ecco un elegantissimo plaustro di madreperla apparire e ristare innanzi alla finestra come un cocchio innanzi all'incarrozzatoio, come un treno innanzi al marciapiedi della stazione: lo trascinavano per aria otto be' draghetti alati, dal mantello roseo, picchiettato di violetto e con le creste e le crinier rosse, scarlatte. La riportò dentro sulle sue braccia la Rosmunda il cui svenimento aveva mutato in benefico sopore. Incarrozzata o meglio implaustrata che fu, mormorò questo scongiuro:

Là, dove afflitto un popolo

Piange la sua signora;

Là dove un padre (misero!)

La sua diletta plora:

Dove Reggia e tugurio

Sol per costei s'accora:

Volate, o draghi aligeri,

In men d'un quarto d'ora!

E salutò con la mano l'ufficiale; e gli disse: — «Arrivederci», — e sparve.

Sennacheribbo seguì con lo sguardo quel plaustro che segnava come una striscia luminosa per lo ciel sereno, e si riscosse al suono d'un sospirone che gli sfuggiva dal petto. Corse con la mano agli occhi e li trovò molli di lacrime, che rasciugò col dorso di quella, sgridandosi, riprendendosi, increpandosi, biasimandosi di tanta fiacchezza in quel momento: — «Su, su! Non c'è tempo da perdere! Altro che sospiretti e lacrimette. Occorre sbrigar qui un'opera di sangue, che serva per esempio memorando ai popoli ed ai Re. Il sole che sta per sorgere deve vedere quanto nessun sole ha mai visto».

Scese al pianterreno, chiamò il luogotenente e gli commise di comandare un distaccamento, di requisire le scale a piuoli, le corde dei pozzi e sapone e travi e zappe e badili, e di recarsi sopra quell'altura là, poco discosta, onde si scorgeva il Reame di Scaricabarili ed il corso del fiume regale che passava poi per Iscaricabarilopoli, e di rizzarvi prontamente tre forche. Il luogotenente salutò senza fiatare, e s'avviottolò subito con un picchetto. Quindi il capitano si fece condurre dinanzi le tre Maestà di Baldassarre V, Melchiorre XVII e Gasparre I, tutt'e tre saldamente affunate. L'autocrate d'Antibo, che non era facile a smarrirsi, lo sbirciò guerciamente e gli chiese con che ardire, con quale autorità osasse por le mani sacrileghe sugli unti del Signore? sconfinare e perpetrare scorrerie e ricatti in paese amico, in piena pace? violare i trattati? calpestare il diritto delle genti? Ma Sennacheribbo, che lo squadrava con un cotal riso di sdegno, non lo lasciò perorare.

— «Zitto là! Mi meraviglierei della impudenza vostra, se non conoscessi per prova la vostra sfacciataggine dalla discolpa dell'assassinio di Coppa di oro. Non vi considero come Re, anzi come rei: ed avete rotta la pace voi, senza dichiarazion precedente di guerra. Siete briganti, banditi, masnadieri, grassatori, ricattatori, plagiari, i quali accolti e trattati come ospiti cari da noi, con tradimento inaudito, senza un pretesto al mondo, avete osato rapire una fanciulla minorenne, una principessa reale, la figliuola unica dell'ospite, rapirla inconsenziente e trascinarla fuori Regno per poi sforzarla a nozze aborrite, anzi per farne crudelissimo scempio. Avete trasgredito ogni legge umana e divina: come invocarne alcuna in difesa o scampo vostro? Da lunga pezza siete esosi a' soggetti, aduggiate il mondo. Quest'ultima enormità colma la misura e trabocca la bilancia».

— «Ho Dio solo per giudice delle azioni mie, io» — rispose il guercio. — «Sono Re sovrano ed indipendente. Un vassallo, uno stipendiato di altro Re non può sindacarmi, ned offendermi. Subisco le violenze di un matto da catena... ma il primo assennato in cui m'imbatterò nel Regno del vostro padrone...»

— «Risbagliate i calcoli. Riconducendovi prigionieri a Scaricabarilopoli, metterei in imbarazzo grandissimo il Governo e finireste per iscapolarla impuniti e per muoverci una guerra di sterminio. Lasciarvi liberi, dopo avervi offesi, sarebbe ragazzata.... e mi crederei colpevole di quanto male fareste in avvenire. Ho pensato meglio. Stanno rizzando tre forche su quel poggio appunto onde si scorge il Regno, ch'è dote della nostra Principessa ed il fiume regale che passa per la città natìa di donna Rosmunda, la quale tu, autocrate d'Antibo, volevi appender lì per la capigliatura lunghissima, acciò vi morisse di fame e di strazio. E lì, sarete appiccati per la gola e strangolati tutti e tre prima che passi un'altr'ora. Così l'uman genere, sarà libero da questa pestilenza che lo ammorba».

— «Capitano,» — disse tremando il despota d'Exibo, — «signor capitano mio! Ella scherza! Badi a quel che fa! Un attentato simile, inaudito, non più visto, troppo caro le costerebbe».

— «Caro? Mi costerà solo la vita. Mel so. Vivo certissimo di morir dopo ignominiosamente. Mi sacrificheranno. Mi consegneranno a' vostri successori, perchè mi strazino e tormentino e torturino e supplizino. Sia. Mi piace. Non mi duole pagare con un tal prezzo la soddisfazione che mi procaccio.

E se le mie carni verranno attanagliate, abbrustolate, sforacchiate, dilacerate, dilaniate; la fama mia rimarrà fra gli uomini eterna come il ricordo degli eroi che hanno sgombrata dai mostri la terra. E sufficit. Più non vi dico e più non vi rispondo. Tromba, suona a raccolta; tenente fate prender costoro in mezzo: se rifiutano di camminare, piattonate! Si va su quella montagnuola, lì dirimpetto, dove s'è recato il luogotenente col distaccamento».

Chi potrebbe esser da tanto di descrivere, benchè approssimativamente, benchè in parte, lo sbigottimento, lo spavento, il terrore, la sordida pauraccia di Don Melchiorre, con tutti i fenomeni che produce, con tutte le sue manifestazioni? Non v'ha preghiere umili, anzi abiette ch'egli non profferisse; non vi ha scongiuri codardi ch'egli non pronunziasse; non vi ha promesse ricche, delle quali non largheggiasse; supplicazioni, lagrime, esortazioni, dalle quali si astenesse per tentar d'impietosire o il signor capitano o uno de' signori luogotenenti o il sottotenente o il foriere, o un sergente o un caporale o un soldato. Sennacheribbo era irremovibile, i subalterni e la bassaforza incorruttibili e devoti al capitano per modo che lo avrebber seguìto contro il Re loro stesso, contro Domineddio medesimo. E poi la fedeltà loro e la ferocia erano ventiquattruplicati dal tocco della verga di fata Scarabocchiona. Il povero zoppo, stanco dalla cavalcata, si sarebbe buttato per terra, nella polvere, nel fango; ma le piattonate dei cavalieri lo stimolavano e lo sospingevano innanzi.

Il monarca d'Introibo, lui, rideva e camminava allegramente. Rideva dalla gran paura del collega e camminava allegramente, perchè tutto questo non gli pareva cosa seria, anzi uno scherzo, una facezia, troppo spinta, se volete, di pessimo gusto, sì, ma fecezia di quel cervello balzano del capitano. Afforcar tre re? Ma vi par'egli? Chi sarebbe tanto gonzo da credersela? Tre Re, tutti insieme, in una volta, come se nulla fosse? Non se n'è mai appiccato uno, neppure Re di contrabbando ed usurpatore, nonchè dagli altri Principi, ma da' popoli in rivoluzione. Ed un capitanucolo de' dragoni oserebbe mandarne in Piccardia una triade, improvvisamente? — «Chêh! chêh! Può darsi che voglia fare un ricatto, che tanto sia capitano dei dragoni scaricabarilesi lui, quanto io imperator della China. E parla così di patibolo, per ammorbidirci e cavarci una taglia maggiore. Bisogna dunque stare sul tirato, s'è un capobanda. Ma vedrete, appiè del gibetto si scappellerà, ci farà degli inchini profondissimi, ci domanderà umilissimamente perdono della licenza poetica; si metterà a' nostri ordini; anzi probabilmente troveremo imbandito uno splendido digiunè, che serviranno egli e gli uffiziali!». — Così pensava quel gobbetto o diceva ai compagni di delitto.

Ma l'autocrate d'Antibo aveva capito, lui, che i propositi di Sennacheribbo eran di quelli che non possono scollarsi comechessia: nunquam dimoveas. Interrogava, con inquietitudine dissimulata l'orizzonte, tendeva l'orecchio e rallentava il passo e cercava di guadagnar tempo, sperando che sopraggiungessero finalmente i tre Reggimenti mandati a chiamare; quei tre Reggimenti che potevano arrivare, liberarlo e sopraffare ed impiegar tutto lo quadrone scaricabarile. — «Oh giungessero, giungessero! Oh ne comparisse l'avanguardia!». — Oh qual terribile vendetta prenderebbe delle parole di rimprovero che aveva dovuto soffrire, delle angosce spaventose che stava provando. Morire? ed in qual modo? Muoion tanti, ma lui! Muoion tanti, anche giovani se volete e ricchi, ma infermi, ma in battaglia. Ed anche sul letto a tre colonne, sì: ma non sono autocrati, con tutti i mezzi per soddisfar le passioni! Lui era nato per mandar gli altri ad impiccare, era contro natura che il caso suo nella fine fosse un dondolo! Oh se avesse avuto modo di far conoscere ai suoi lo sue distrette? di stimolarne il passo! Bestie di colonnelli che non sanno comprendere, indovinare il bisogno urgente che si ha di loro! Ma Gasparre non aveva un legaccio incantato per chiamare in aiuto alcuna fata! e qual fata buona avrebbe voluto adoperarsi per salvar quei mostri? Demogorgone l'avrebbe poi flagellata con mazzafrusti di colubri e l'avrebbe incantata chi sa in qual barbaro modo per un secolo almeno.

Il corteo si fermò sul monticello, dove il luogotenente avea fatto acciabbattamente piantar le forche; che non eran certo costruite secondo tutte le regole dell'arte impiccatoria, ma via, per una volta tanto potevano servire. Già, il luogotenente non era un carnefice, ned i soldati tirapiedi; facevano alla meglio. Tre belle corde co' cappi insaponati si dondolavano alla brezza mattutina, che l'aurora cominciava ad inaranciar l'oriente. Accorse un dragone al galoppo e riferì al capitano che si vedevano in lontananza avanzare delle forze nemiche considerevoli. Un lampo brillò negli occhi guerci dell'autocrate antiboino; mentre il monarca d'Introibo continuava a ridere scioccamente ed il despota d'Exibo a frignare, a piagnucolare, a singhiozzare. Sennacheribbo senza scomporsi o titubare disse a' suoi: — «Sbrigatevi». — Fu appoggiata una scala a ciascun colonnino; un soldato si appollaiò su ciascuna traversa; due altri preso di peso ciascun Re, lo tirarono di piuolo in piuolo, finché il primo potesse assicurargli il capestro al collo: poi attaccarono loro delle pietre pesantissime ai piedi legati e scesero. Sennacheribbo, che stava fumando a cavallo, tranquillamente, come estraneo alla cosa e noncurante, si cavò la spagnoletta di bocca, sputò e disse: — «Giù!». — Le scale furono sottratte ai tre meschini, i quali travolsero stranamente il volto per la rottura delle vertebre cervicali nelle estreme convulsioni dell'agonia. In quell'istante comparve il sole sull'orizzonte e percosse coi primi raggi le facce livide dei tre regnatori, i quali traevan calci al rovaio.

— «Suonate a raccolta;» — vociò il capitano, quando fu tutto compìto, rompendo il silenzio prodotto dall'orrore che ingombrava gli animi de' soldati non assueti ad assistere a tali giustizie e molto meno ad aver parte in esse. E certo se non ci fosse stato quel ventiquattruplicamento di ferocia, di ardimento e di disciplina cagionato dalla vergata della fata Scarabocchiona, non avrebbero avuto animo di obbedire al capo loro, per quanto caro l'avessero. Lo squadrone si riformò in ordine di marcia, discese dalla montagnuola e ripassò felicemente la frontiera mezz'ora prima che i tre Reggimenti antiboini giungessero sul luogo del supplizio, ed esterrefatti e raccapricciando riconoscessero e disimpiccassero i tre cadaveri regi che facevano il penzolo. Non sapevano spiegarsi la cosa; cominciarono a capirla dopo interrogati i cortigiani legati ed asserragliati nella bettola del Gallo d'oro: ma capacitarsene proprio, non sapevano! Intanto i dragoni scaricabarilesi corsero a spron battuto fino alla prima piazza forte della patria loro. Lì giunto, il capitano Sennacheribbo si presentò al comandante e si costituì prigioniero dopo avergli narrato minutamente e particolareggiatamente l'impresa condotta a termine. Il povero comandante strabiliò, spaventato delle conseguenze che il triplice regicidio porterebbe e pel capitano e pel paese; suggerì dapprima a questo di fuggire. — «Fingerò di non averla visto! si salvi dove e come può». — Ma, rifiutando Sennacheribbo di sottrarsi alla responsabilità degli atti suoi, lo fece tradurre in castello e spedì subito per istaffetta un rapporto al Ministero domandando istruzioni.

In que' due giorni Scaricabarilopoli era stata sottosopra. Ogni ora si divulgava qualche notizia strana e terribile, e con una progressione, un crescendo rapidissimo si giunse all'inverosimile, all'assurdo. Prima la disparizione della Principessa! poi la notizia del ratto. Un deputato interpellò il Ministero sulle voci che correvano intorno alla reda del trono, voci che giustamente turbavano ogni cittadino devoto alla sua patria ed alla dinastia. Il Presidente del Consiglio sciorinò una lunga pappolata, in cui dovette confessare che la Principessa era stata furata da' tre Re proci, con procedere indegno, violando l'ospitalità concessa loro, violando il giuramento d'ammissione al concorso, violando ogni regola d'onestà. Chi non si sarebbe fidato? Quindi il Ministero non era da incolparsi d'improvidenza. Annunziò nel contempo di aver mandato ordine agli incaricati d'affari di Sua Maestà presso le Corti d'Antibo, d'Exibo e d'Introibo di protestare contro l'eccesso inaudito e di reclamare l'immediata riconsegna della Principessa. Aspettare risposte: dopo le quali proporrebbe importanti risoluzioni alla Camera. Ma la quistione stare pel momento nel periodo delle trattative diplomatiche e quindi non doverglisi chiedere altro. Fu proposto un voto biasimo, e di mettere in istato di accusa il Ministero, perchè aveva fatto mancare alla Principessa una scorta sufficiente e tale da poterla salvare da un colpo di mano e tutelarla; perchè aveva lasciato sfuggire i rapitori, i quali pure avevano da fare un lungo viaggio per toccar la frontiera; e perchè conveniva di non aver saputo prendere alcun provvedimento adatto a ricuperar la rapita. Bisognò fare evacuar le tribune pubbliche, sospender più volte la seduta. Ma finalmente l'ordine del giorno di censura fu votato alla unanimità dei Deputati presenti e votanti: e la messa in accusa dei Consiglieri della Corona ad una maggioranza imponente. Ed al povero Re Zuccone, che straziato dal dolore aveva quasi perduto l'appetito, convenne ancora occuparsi della composizione di un Ministero nuovo, vedere uomini politici, mercanteggiar con essi. I primi atti del nuovo Gabinetto furono un proclama al popolo, un discorso programma alla Camera, una Nota a tutte le Potenze amiche, un ultimatum all'autocrate d'Antibo, al monarca d'Introibo ed al despota d'Exibo; ed il fare imprigionar (a richiesta loro) i Ministri precedenti per sottrarli al furor popolare. Giacchè il popolo, il quale, come sappiamo, travedeva per la Rosmunda, ingombrava minacciosamente le strade della città ed aspettava che i Ministri uscissero dalla sala del Parlamento per istrascinarli a coda di cavallo, impeciarli e appiccar loro il fuoco. Nè, sebbene fosse tarda notte, alcuno pensava a rincasarsi. Quanto ad adoperar l'esercito contro un popolo che tumultuava per devozione alla dinastia, non era da pensarci, ecco!

Poche ore dopo, allo spuntar del sole, si diffonde la nuova del ritorno della Principessa, ricondotta nella Reggia della fata Scarabocchiona sua santola in un plaustro di madreperla, tirato da quattro mute di draghetti volucri, color di rosa, picchiettati di violaceo, con cresta, bargigli, giubbe, e coda del più acceso scarlatto! Tutta Scaricabarilopoli si radunò sotto le finestre del palazzo reale. E quando finalmente la Principessa pallida, convulsa, ma sorridente, comparve col padre sulla balconata per salutar la folla, fu un plaudire, un acclamare, un tripudiare da frenetici; fu un piangere universale; fu un ruggito che domandava vendetta contro gli offensori della bella creatura. La Principessa fè cenno con la mano di chieder silenzio e di voler parlare. Tutti tacquero. Con voce timida e tremante ringraziò di tanto affetto, pregò i buoni Scaricabarilopolitani di calmarsi, di aver fiducia nel Governo e.... di lasciarla riposare. La folla rispose con un'ultimo evviva e quindi sgombrò dal piazzale silenziosamente.

Poi si seppe che era stato il capitano dei dragoni Sennacheribbo, trovatello educato per carità da una povera vecchia dimorante nel vicolo Scassacocchi, arrolato volontario undici anni prima e promosso uffiziale e decorato della medaglia d'oro al valor militare per aver presa una bandiera in battaglia al nemico, quello che alla testa del suo squadrone aveva miracolosamente raggiunti i rapitori varcando la frontiera e riacquistata la Rosmunda. De' fogli volanti davano una biografia fantastica e cerebrina del capitano. Le mure furono ben presto imbrattate dovunque di Viva Sennacheribbo! Viva il salvatore della Principessa! I fotografi cavaron fuori tutte le negative che rappresentavano ufficiali dei dragoni, e spacciarono a prezzi esorbitanti de' ritratti apocrifi del prode. Il popolo si recò al vicolo Scassacocchi e s'impossessò della madre adottiva del capitano e la portò in trionfo, processionalmente. Venne aperta una sottoscrizione per offrirgli un dono nazionale. La sera tutta la città era illuminata spontaneamente: non c'era povera finestruccola, misero abbaino dove non si scorgesse un lucernino, un tegame con grasso e lucignolo acceso, una candela circondata di carta almeno.

La dimane si riseppero finalmente molti particolari della spedizione; e che Sennacheribbo aveva pensato bene di far giustizia sommaria e che Guasparre I, Melchiorre XVII e Baldassare V avevan fatto un ballo in campo azzurro, e che il capitano si era costituito prigioniero in una delle fortezze dello Stato. Era di venerdì e tutta Scaricabarilopoli giocò il terno uno, cinque e diciassette, i numeri del capitano, come dicevano. Bisognò mettere questurini e sentinelle alle prenditorie, tanta era la calca di popolo che si affollava per giocare; i botteghini rimasero aperti tutta la notte, senza svacantarsi mai: uno usciva e dieci entravano. Il sabato poi convenne ritardare l'estrazione fino alle cinque per cansare disturbi. Veramente, per fortuna delle Finanze scaricabarilesi, l'uno, il cinque e il diciassette non uscirono: anzi i cinque numeri estratti furono: il tre, il trentanove, il ventuno, il sessantadue ed il cinquanta.

Tre, cioè i tre Re; trentanove, cioè impiccati; e ventuno vuol dir Baldassarre, sessantadue Guasparre e sessanta Melchiorre, come insegna la Smorfia o Libro dei sogni: quindi nessuno osò mormorare contro Sennacheribbo, ed il popolo sovrano confessò di aver mancato d'acume e di senno e di non aver saputo interpretare i fatti e cavarne i numeri buoni.

Frattanto il Governo teneva sicura la guerra co' tre Reami circostanti e finitimi; immancabile. Si spingevano gli armamenti con alacrità somma. Al Ministero della Guerra, ne' magazzini militari, ne' polverifici, negli arsenali si lavorava giorno e notte. Si allestiva l'armata, si richiamavano i contingenti sotto le bandiere; si mettevano in assetto le fortezze; si chiedevano denari alla Camera, che votò un credito illimitato al nuovo Ministero e con un ordine del giorno gli commise di mantenere intatto il decoro del paese. Un secondo proclama del Re Zuccone al popolo espone gli avvenimenti e la situazione. La violazione d'ogni fede perpetrata da' tre Re veniva stigmatizzata. Il Governo ed il Capo dello Stato ripudiavano ogni partecipazione, ogni responsabilità nella terribile rappresaglia eseguita motu proprio dal capitano Sennacheribbo, il quale, incaricato soltanto d'imprendere minute indagini sulla sorte della principessa Rosmunda, aveva preso poi su di sè d'inseguirne i rapitori, di sconfinare inseguendoli e di vendicare l'oltraggio fatto al paese ed alla dinastia in un modo che e quello e questa dovevano disconfessare. Il capitano sarebbe giudicato dal Senato costituito in Alta Corte di giustizia per attentato alla sicurezza dello Stato, a norma dell'articolo trigesimosesto dello Statuto, come quegli che esponeva la nazione al pericolo di guerra. La quale quando scoppiasse, sebbene non voluta dal Governo scaricabarilese, non provocata, non desiderata, il popolo avrebbe pure incontrata sicuramente e sostenuta vigorosamente. Così diceva press'a poco il manifesto di Re Zuccone.

Ben presto giunsero ambasciatori straordinari da' nuovi Governi de' tre Reami finitimi. In Antibo, non essendovi eredi al trono, s'era costituito un Triumvirato militare; due generali di esercito ed un ammiraglio avevano ridotto nelle loro mani la cosa pubblica, s'erano costituiti in Governo provvisorio e convocato una Costituente eletta con le urne custodite dai pretoriani. In Exibo era succeduto a Don Melchiorre un cugino in quarto grado, uomo giusto ed integro, sano di corpo e di mente. In Introibo l'erede presuntivo era stato ucciso a furor di popolo, tutti i principi erano fuggiti e s'era proclamata una Repubblica posticcia. Cotesti ambasciatori non venivano nè per dichiarar guerra, nè per chieder soddisfazioni tanto inaccettabili che il richiederle equivalesse ad una dichiarazione di guerra. Anzi, ognun d'essi aveva istruzioni secrete conciliativissime. Nessuno dei tre nuovi Governi pretendeva che il Reame di Scaricabarili fosse responsabile delle gesta del capitano Sennacheribbo; tutti deploravano e qualificavano severamente il tentato ratto della Rosmunda, e domandavan solo una riparazione d'onore alle rispettive bandiere ed il castigo del capitano. Secretamente il Triumvirato Antiboino ed il governo provvisorio Introiboino significavano d'esser disposti anche a transigere su questi due punti, pur che venissero riconosciuti dal Governo di Re Zuccone: ed il nuovo despota d'Exibo aveva incaricato specialmente il suo messo di un autografo di scusa e di rimpianto particolare per l'accaduto, da rimettersi all'Infanta. Il vero è che nessuno de' tre afforcati era rimpianto; che ne' loro paesi ognuno diceva: — Ci abbiamo gusto! Grazie sien rese al capitan Sennacheribbo. — Sarebbe difficilissimo di muover guerra al Re di Scaricabarili, quando l'opinione pubblica di Antibo, Exibo, ed Introibo v'era assolutamente, recisamente contraria. Inoltre e gli erarii e gli eserciti di quegli Stati erano disorganizzati per modo dallo sgoverno e dalle dilapidazioni e dalla inettezza di Guasparre, Melchiorre e Baldassarre, che la guerra non avrebbe potuta esser mossa con alcuna probabilità di vittoria. Quindi i tre ambasciatori si mostrarono arrendevolissimi; l'Infanta rispose anch'ella con un chirografo alla lettera del successor di Melchiorre XVII; Re Zuccone riconobbe il Triumvirato militare Antiboino ed il Governo provvisorio Introiboino; le bandiere de' tre Stati finitimi furono issate solennemente innanzi alla Reggia di Scaricabarili e salutate ciascuna da centun colpo di cannone; la Corte prese il lutto e fece celebrar delle messe pel riposo delle anime e del monarca e del despota e dell'autocrate. Quanto al capitano, gli ambasciatori presero atto delle dichiarazioni contenute nel manifesto e nelle note di Re Zuccone, si dichiararono pieni di fiducia nella imparzialità del Senato scaricabarilese e protestarono di aspettarne il verdetto, nel quale anticipatamente si acquetavano.

Ed il Senato del Regno venne convocato in Alta Corte di giustizia per giudicare il capitano dei dragoni di seconda classe cavalier Sennacheribbo Esposito, imputato di attentato alla sicurezza dello Stato e di indisciplina, per aver senza alcun ordine sconfinato ed impiccati tre Re, esponendo il paese al pericolo di una guerra esterna. L'imputato poi venne tradotto dalla fortezza, in cui veniva custodito, nelle carceri giudiziarie della Capitale. Vi era appena da un paio d'ore, quando lo invitarono a scendere in parlatorio. C'era l'azafatta della Principessa, accompagnata da un ufficiale d'ordinanza di Sua Maestà, il quale stava discretamente in disparte nel vano di una finestra, guardando nel cortile. L'azafatta, approssimativamente a Sennacheribbo, gli disse a bassa voce: — «Signor capitano, io vengo incaricato dall'Altezza della principessa Rosmunda di ripetere da Lei un oggetto di pertinenza della prefata e sullodata Altezza che Ella presentemente ha in custodia. La esorto dunque a consegnarmi l'oggetto stesso in un plico suggellato, acciò ch'io possa recarlo nelle mani dell'augusta Infanta, sua, mia padrona (Dio guardi!) senza nè vederlo nè conoscerlo. Faccia dunque il plico su quel tavolino e lo suggelli e mel consegni, acciò ciascuno di noi per parte sua adempia scrupolosamente i voleri della riverita nostra Principessa!».

Ed indugiando Sennacheribbo, senza rispondere ad obbedire, l'azafatta cavò dalla taschetta di velluto che le pendeva allato una busta, la baciò devotamente e ne trasse un foglio che mostrò al capitano; il quale vi lesse: — «La latrice del presente sarà creduta ed obbedita da chiunque m'ama. Rosmunda; manu propria». — Il giovane nulla disse: s'accostò allo scrittoio si tolse dal seno la giarrettiera che vi occultava: e gli parve di strapparsi il cuore dal petto. La chiuse in una scatolettina di cartone che involse in un gran foglio bianco e legò con lo spago e suggellò più volte con l'anello che portava in dito; e consegnò l'involtino all'azafatta. La quale con un lieve inchino soggiunse: — «Riferirò all'Altezza Sua la prontezza, con la quale Ella ha ha obbediti gli ordini». — E si allontanò con l'ufficiale di ordinanza. Sennacheribbo, che non aveva aperte le labbra, venne ricondotto nella sua cella.

Appena vi fu rinchiuso e si vide solo, andò a buttarsi col capo in giù sul letto, e, premendo la bocca sul guanciale e mordendolo per soffocare e smorzare almeno i singhiozzi, cominciò a piangere disperatamente, proruppe in un pianto dirottissimo. Gli pareva d'aver tutto perduto, perdendo quell'arnese della donna amata, che apprezzava non per l'incanto, anzi perchè portato da quella: difatti, non gli era mai venuto in mente di adoprarlo, d'evocar la fata Scarabocchiona, di domandare aiuto a costei: nè gli sarebbe mai venuto un tal pensiero, che avrebbe preferito di morir di morte ignominiosa sul patibolo al dovere la propria salvezza ad una femmina, ancorchè fata, ancorchè dea. — «Gratitudine principesca!» — pensava egli. — «Ho servito. Mi buttan via come un limone spremuto! L'ho salvata, l'ho vendicata, sapendo che potrebbe costarmi la vita; e neppure un mezzo ringraziamento. Se questo cencio d'un legaccio, ch'io serbavo più gelosamente che il credulo devoto non custodisca una reliquia di Santo, mi vien ritolto senza una parola amica, benigna! Ed il Re! lui mi aveva promesso!... Ma non mi meraviglio di quello lì, forse costretto a tiranneggiarmi da riguardi e considerazioni politiche... Lei però, lei che senza di me a questa ora sarebbe morta vituperata fra gli strazî, lei che sa quel che ho sofferto, mostrarmi un po' di benevolenza poteva, un di riconoscenza, un po' di memoria! Nossignore! E questo popolaccio che comincia dal celebrarmi e dall'applaudirmi e poi, mutato il vento!... Basta! l'ho amata! ho potuto documentare questo amore col più ardito fatto e feroce che registrino le nostre istorie; ho potuto camparla: l'ho sorretta un istante svenuta con queste braccia... o non sono premiato abbastanza? E, checchè faccian di me, gli uomini non potranno dimenticarmi: ho cambiato l'indirizzo della storia di più popoli; sono comparso come deus ex machina ed ho fatto prendere un altro corso agli eventi; ho fatto impallidire le fame de' classici liberatori di popoli, de' Bruti e degli Armodî. Eppure.... Ah! pensiamo piuttosto alla povera mamma mia, che deve soffrir tanto adesso che morrà di certo nel vedermi tradurre al patibolo od al luogo della fucilazione e che ho tanto mal ricompensata delle cure dell'amor suo gentile».

Venne il giorno del giudizio. Non un membro del Senato chi mancasse. Le tribune pubbliche erano stivate: giornalisti e corrispondenti d'ogni paese eran venuti ad assistere al memorando processo, ad estenderne il resoconto, a notare impressioni. Una folla sterminata si accalcava intorno al palazzo senatoriale. La truppa era stata consegnata.

Il Commissario del Governo lesse l'atto d'accusa: sarà inutile il riferirlo, perchè ognuno può figurarsi cosa deve essere quel monumento dell'eloquenza scaricabarilese. I colori erano caricati, Sennacheribbo, uomo profondamente crudele, avventuriero sorto dal nulla, non aveva operato per zelo dell'onor dinastico e nazionale, anzi per isfogare odii e rancori personali verso i tre Re, e per manomettere in loro la dignità regia. Tutti i Principi esser solidali; una monarchia non dover mai permettere che de' monarchi vengano manomessi. — «L'accusato asserisce di essere stato coadiuvato da una fata, che sarebbe santola della nostra augusta Principessa. Signori Senatori, i registri battesimali, i registri dello Stato Civile della dinastia tenuti dal Presidente appunto di questo augusto Consesso, non mentovano in modo alcuno questo intervento soprannaturale. Chi è che ignori lo fate essere una finzione, con la quale si trastullano i ragazzi e che la pedagogia condanna? Fate non ce n'è; non c'è alcuno Scaricabarilese vivente che possa affermare con sacramento di averne vista una, e la ragione dimostra che non possono esserci. Certo vi è qualcosa di straordinario negli avvenimenti onde ci occupiamo, che non può spiegarsi con l'andamento solito degli eventi umani. Ma, Signori, tutte le facoltà di teologia delle nostre Università v'insegnano che se fate non ce ne sono, c'è però il diavolo. E col grande arcidiavolo dello 'nferno mi giova credere che il capitano Sennacheribbo Esposito, vergogna eterna della uniforme de' dragoni scaricabarilesi, abbia stretto un patto sacrilego. Balzebù gli ha fatto fornire in poche ore di notte quella corsa prodigiosa dalla macchia di Valquerciame alla osteria del Gallo d'oro. A Satanasso egli ha affidato l'augusta erede del trono, perchè dall'osteria del Gallo d'oro venisse restituita nella Reggia paterna! Ad Astarotte e Belfegor sicuro, qualunque sia la forma che hanno assunta. E da Calcabrina e Draghignazzo aspetta per fermo aiuto, che vengano a liberarlo dalle mani della giustizia. Ma voi farete stare a dovere lui e tutti i trentamila diavoli infernali».

Dopo l'orazione stupenda del Commissario regio, si procedette allo interrogatorio dell'imputato. Sennacheribbo raccontò le cose molto semplicemente, tacendo solo del modo in cui gli era apparsa la fata, non parendogli opportuno divulgare il secreto del legacciolo, ch'egli immaginava la Rosmunda desiderare che rimanesse occulto. Richiesto perchè avesse mandato a Fuligno i tre Re, o per ordine o per suggerimento di chi, rispose: — «Da me, per ordine e suggerimento della coscienza mia. Feci giustizia di tre persone eslegi, che sarebbero andate impunite senza l'ardimento mio, per vendicar l'onore del nostro paese, offeso nella principessa, e per liberare l'uman genere da tre mostri».

Richiesto se avesse avuto piena coscienza del fatto e ne avesse prevedute le conseguenze: — «Tutte,» — rispose. — «Sapeva che sconterei col capo quell'opera meritoria. E ho persino annunziato a que' tre, presenti buon numero dei miei soldati, che potranno testimoniarne».

Interrogato se avesse motivi di rancore personale contro una o tutte le sue vittime ed invitato a dare spiegazioni intorno alle parole profferite nel giorno del tumulto popolare contro l'autocrate d'Antibo, parole che per l'indulgenza eccessiva del colonnello gli avevan fruttato un solo mese di arresti di rigore, rispose: — «Pronunziai quelle parole perchè indegnato dall'assassinio del povero Coppa di oro. Non poteva certo premeditare allora la impiccazione de' tre Re, come non poteva prevedere in alcuna guisa che rapirebbero la Principessa e ch'io avrei la fortuna di raggiungerli e il modo di castigarli. Un sol motivo di odio aveva contro di loro, e questo è comune a tutti gli Scaricabarilesi: tutti, credo, erano sdegnati che tre deformi d'animo e di corpo osassero pretendere alle nozze della figliuola del Re nostro ed alla signoria del nostro paese».

Interrogato sulla partecipazione dei subordinati negli impiccamenti, rispose, assumendone tutta la responsabilità: — «I miei soldati non discutono, obbediscono. Al comando mio avrebbero fatto qualunque cosa, appunto come domani, ne giuro e ne scommetto, saranno pronti a fucilarmi sull'ordine del nuovo capitano loro».

Venne quindi proceduto all'audizione dei testimoni, che raccontarono particolareggiatamente tutti i fatti da noi narrati e confermarono in ogni punto la narrazione di Sennacheribbo. Della fata potevano dir nulla, nessuno avendola vista: ma affermarono d'essersi sentito raddoppiare a mille doppi il vigore del corpo e dell'animo, e di aver avuto per guida nella portentosa galoppata il fuoco fatuo. Quando interrogarono il luogotenente, che comandava interinalmente la compagnia, Sennacheribbo chiese di potergli rivolgere una domanda: — «Tenente, se domani Ella fosse comandato con un pelottone per fucilarmi, disubbidirebb'Ella? Cred'Ella che alcun uomo dello squadrone rifiuterebbe l'obbedienza?».

— «Capitano,» — rispose il luogotenente, — «Ella è stato per me padre e fratello; e non per me solo, anzi per tutti noi. Ella ci ha educati e rotti alla disciplina, all'obbedienza passiva. Noi seguimmo sempre le sue norme i suoi dettami: persevereremo nelle abitudini ch'Ella ci ha imposte e che son per noi una seconda natura. Se domani fossimo comandati, La fucileremmo senza mormorare. Ma, se toccasse a me d'esser comandato, mi farei saltar lo cervella appena tornato in caserma; e così, metto pegno, farebbe ogni altro ufficiale, graduato o milite dello squadrone». — Era esaurita la lista dei testimoni, quando il Presidente dell'Alta Corte di giustizia, ricevuto un piego da un usciere, e, lettolo, alzandosi in piedi disse ai colleghi: — «Osservandissimi ed onorandissimi colleghi; La Altezza reale della principessa Rosmunda chiede con la presente lettera del suo primo gentiluomo di camera, di essere ammessa a dare degli schiarimenti, che assicura importantissimi per la causa sottoposta al profondo vostro senno ed allo imparzial giudizio; e mi fa annunziare di essere nelle sale di aspetto del Senato. In virtù dei poteri discrezionali del Presidente, io penso opportuno di udire le dichiarazioni dell'Altezza Sua, e nominerò una deputazione che vada ad incontrarla e la introduca nell'aula».

Sennacheribbo divenne pallido come un cadavere, e corse con la mano al petto per frenare alquanto i battiti del cuore. Tutti i Senatori, tutti gli astanti si alzarono in piedi e la principessa Rosmunda, pallida anch'essa, fece ingresso nell'aula accompagnata dall'azafatta e dalla deputazione del Senato, e appoggiata al braccio d'uno de' vice-presidenti. Pallida sì, co' grandi occhi bruni un po' smorti, ma onestamente baldanzosa. Il Presidente le fece un'arringa complimentosa, discretamente sgrammaticata, e le disse che l'Alta Corte era pronta ad ascoltare con attenzione religiosa le importanti comunicazioni che Sua Altezza aveva annunciate. La Principessa ringraziò cortesemente, senza sgrammaticare: pregò tutti di sedere, e poi narrò per disteso la sua avventura e quanto avea sofferto; e la violenza e gl'insulti e il ratto e l'affannamento e la corsa sfrenata e la partita a dadi e le minacce dell'autocrate d'Antibo, alla imbavagliata e la mano alzata per ricaderle sulla guancia... Tutti fremevano. Narrò il sopraggiungere del capitano Sennacheribbo e lo incantesimo del legacciolo donatole dalla santola, la quale era fata. E per avvalorar la sua testimonianza, acciò messer lo Commissario regio e gli altri scettici dell'adunanza non s'incocciassero nel negare, la si chinò modestamente, con tutta modestia, e sollevando un lembo appena della veste prolissa e tanto lievemente che a stento venne scorta la punta delle scarpette ricamate, sciolse la giarrettiera; e se la ravvolse intorno al polso sinistro e v'impresse un bacio.

Non appena l'ebbe tocca con le labbra, ecco scuotersi la terra come pel tremoliccio, ecco sfolgorare un lampo, ecco il rombo d'un tuono. Un soffio di vento sibilò sotto le ampie vôlte dell'aula e fece tintinnar le invetriate, ed agitarsi le tappezzerie, i cortinaggi, le tende, i fiocchi. E gli astanti fra sorpresi ed esterrefatti videro comparire un plaustro di madreperla tirato da quattro paia di dragoncini, leucotteri color di rosa, moschettati di viola con le criniere e le creste e le ali di fiamma. E nel plaustro sedeva una donna avvenentissima, tutta velluti e trine e gemme, dalla quale si diffondeva come una luce che rischiarò splendidamente l'aula e fece impallidire i raggi del sole meridiano. Il plaustro ristette ai piedi del seggio del Presidente; la fata smontò ed appressandosi alla figliuola ed abbracciandola, le disse: — «Che vuoi Rosmunduccia?» — e le diè un bacio proprio di cuore.

Un mormorio di ammirazione, di meraviglia, di stupore, di curiosità ed anche di spavento superstizioso, guizzò (scusate l'espressione impropria), serpeggiò per la folla. Difatti, pensate un po', all'esistenza delle fate ci crediamo su per giù tutti, come all'esistenza degl'ippogrifi, degli ippotragelafi, degl'ircocervi, ma, se ho a dirla schietta, il ver convien pur dir quand'e' bisogna, un ircocervo, un ippotragelafo, un ippogrifo, una fata, son cose che non ho mai viste al mondo mio: e mi venissero a dire che al Pincio c'è una carrozza tirata da ircocervi, che la Compagnia equestre all'Argentina ci ha degl'ippogrifi, che nelle stalle del Quirinale c'è un ippotragelafo, che nell'aula del Senato del Regno c'è una fata con la sua brava verga criselefantina ed un plaustro tratto da otto draghettini rosei, io non saprei resistere alla tentazione per quanto incurioso io mi sia. E benchè il frequentare il Pincio sia il più insulso degli spassi, il frequenterei; e benchè l'assistere alle rappresentazioni equestri sia gusto plebeo, prenderei un biglietto per questa sera stessa; e benchè le sedute del Senato non sogliano essere divertentissime, farei a pugni per entrare nelle tribune. Anche in Iscaricabarilopoli, sebben si parlasse molto di fate ai bimbi, nessuno ne aveva mai viste, e molti dubitavano dell'esistenza loro ed accampavan cavilli ed arzigogoli per dimostrar che non ce ne puol essere. Ed insomma era la prima volta in tutta la Storia Universale che una fata compariva innanzi ad un Senato costituito in Alta Corte di giustizia; caso che molto probabilmente non si rinnoverà mai più, mai più. Dunque tutti gli spettatori si pressavano, si pigiavano, si accalcavano, si alzavano sulla punta dei piedi, si spingevano, si appioppavan gomitate; tutti volevan vedere la fata Scarabocchiona ed il plaustro di madreperla ed i quattro dragoncelli. E se li mostravano a dito e stupivano e strasecolavano.

Disse la Rosmunda: — «Cara santola, scusate l'incomodo: ma, ve ne prego, raccontate anche voi a questi Signori qui, come sono andate veramente le cose, e qual parte ci avete avuto voi, acciò si sperda ogni dubbio dagli animi loro».

E la fata leggiadrissima, compiacendo la figliozza, narrò del consiglio dato alla Rosmunda; averglielo dato perchè prevedeva e sapeva, perchè il suo libretto magico le aveva dimostro che in tal modo sarebbe accaduto quel ch'era poi accaduto di fatti: lo scombinamento degli assurdi matrimoni e la morte delle tre belve scettrate. Narrò in qual modo Sennacheribbo avesse raccolto il legaccio incantato e l'avesse baciato senza sospettarne la virtù magica, anzi come reliquia della Principessa, che celatamente, timidamente, ma potentissimamente amava. Povero Sennacheribbo, udendo così spiattellare coram populo ciò, che egli si apponeva a delitto ed avrebbe voluto nascondere a sè stesso e stimava ignorarsi da tutti, si fece scarlatto e chinò il capo come un reo convinto, si coprì la faccia con le palme ed avrebbe voluto essere a cento palmi sotterra.

Oh che mortificazione! oh come tutti lo dileggerebbero! oh che amaro sogghigno di sprezzo avrebbe scoperto sulle labbra della Principessa se avesse osato guardarla! oh che fischiate gli toccherebbero! oh come gli sarebbe rinfacciata la nascita ignota e la povertà! Così pensava: ma..... la Principessa stava tutta composta a capo chino presso la madrina, e l'uditorio s'inteneriva e s'interessava per lui.

La fata proseguì, dicendo come avesse ventiquattruplicato col tocco della verga eburnea ed aurea il vigore dei cavalli e de' cavalieri; rendendo ferocissimi i miti d'animo, zelantissimi i più timidi, e freneticamente zelante, feroce, geloso ed appassionato Sennacheribbo che già da sè era superlativo in tutto. Questa vigoria ventiquattrupla aver fatto raggiungere i rapitori; a questa esagerazione ed esaltazione soprannaturale del carattere e della passione in Sennacheribbo doversi attribuir soprattutto, principalmente, il pensiero del triplice regicidio, del monarchicidio di Baldassarre Quinto il gobbo, del despoticidio di Melchiorre Decimosettimo il zoppo, dell'autocraticidio di Gasparre Primo il guercio; non altra essere stata la ragione persuasiva di quello sterminio, di quell'eccidio, di quella carneficina di regnatori. La vera colpevole, in fondo, la vera ammazzaprincipi ed afforcasovrani esser forse lei che parlava; ma, come fata, non esser sindacabile, giudicabile nè punibile che da Demogorgone: ed avere motivi, aver buono in mano per credere che Demogorgone, lunge dal punirla, l'encomierebbe dell'opra santa provocata, che non eccedeva del resto i suoi poteri, no davvero.

Qui riprese la parola la Principessa, e fattasi coraggio, imporporandosi tutta d'un bel rossore, disse: — «Signori, può darsi che politicamente e militarmente il capitano Sennacheribbo Esposito abbia mal fatto ed ecceduto; e che, come il Ministero ha stimato opportuno di accusarlo, voi stimiate utile il condannarlo. Sebbene, vel confesso, non comprenda come possano scindersi due parti del medesimo atto ed approvar la mia liberazione e condannar la vendetta. Nè so se sarebbe stata miglior politica lasciar la vostra Infanta morire fra gli strazî o lasciarne impuniti i rapitori delusi che avrebber mossa immantinente guerra feroce a noi impreparati. Ad ogni modo è anche buono che voi sappiate quel ch'io penso e sento di quest'uomo; io, beneficata da lui e salva per opera sua dalla vergogna e dalla morte, e vendicata. Non ho riputazione di esser crudele, io, credo; e certo non v'ha persona nel Reame che spaventi la prospettiva di avermi per sovrana. Ignoravo affatto cosa fosse il desiderar male altrui, e l'ira e lo sdegno, e la voluttà del mal talento appagato. Eppure la vostra futura Regina ha sofferto tanto e tanto in quella notte del rapimento, che, vel giuro, ogni più efferata crudeltà in quei mostri le sarebbe sembrata pena inadeguata alla colpa loro. Ella s'è rallegrata del castigo inflitto a coloro che non offendevano in lei, lei sola, anzi tutta la nazione. Capitano Sennacheribbo, io vi ringrazio; capitano, io vi lodo ed approvo; ed intendo che tutti stimino e ritengano aver voi operato per espresso comando mio. La gratitudine mia non ha limite alcuno, oso confessar qui arditamente che mi stimola e consiglia e induce e persuade a contraccambiar l'affetto onde mi avete date prove così grandi ed efficaci e che mi avete manifestato con questi atti, non altrimenti, mai. Se io potessi ciò che volessi, invece di sedere al presente su quello sgabello, mi sedereste al fianco accanto al trono. Se le preghiere mie, se queste lacrime mie non valgono a commuovere gli animi e le menti di questi Signori, io mi trascinerò nella polvere a' piedi di mio padre, acciò vi renda giustizia sotto nome di grazia; e vi mantenga la promessa profferita nello spedirvi in cerca della figliuola alla macchia di Valquerciame:

Non tornare senza la Principessa, e se mi riconduci sana e salva la figliuola, ti giuro che nessuno sarà quind'innanzi al di sopra di te nel mio Regno. Se tutto tornasse indarno, se non ottenessi per voi giustizia e guiderdone, quel guiderdone che meritate, io vi giuro che mi reciderò le chiome, che prenderò il lutto; che non perdonerò mai ad alcuno di quanti avranno contribuito alla vostra rovina. La tua sovrana porterà la gramaglia per te, finchè viva; la tua amante non si piegherà mai ad altre nozze. E ch'io non dica così per dire, per rettorica, e che intenda impegnarmi solennemente sarà chiaro a te ed a tutti. Sono stata già una volta nelle tue braccia all'osteria del Gallo d'oro, ma incosciente; ho abbandonato una volta il capo sul tuo petto, ma svenuta, involontariamente. Ebbene, ora, qui, nell'aula del Senato del Regno, costituito in Alta Corte di giustizia, io, Principessa ereditaria, vi chieggo questa grazia, di lasciar ch'io liberamente vi butti le braccia al collo e di concedermi un bacio, un bacio d'amore e di fede».

Chi potrebbe descrivere l'effetto di questo discorso; le lagrime, i pianti, i plausi, gli evviva, i battimani che gli tenner dietro; ed il giubilo popolare, quando si vide la bella donna Rosmunda pendere dalla cervice del capitano ch'era sorto in piedi, smorto, tremante, convulso, fuori di sè? Ella spossata, come dopo una crisi nervosa, caduta la esaltazione, singhiozzava disperatamente: ma negli occhi di lui v'era lo splendor sereno dell'orgoglio soddisfatto e contento, dell'uomo che ha avuto dalla vita quanto e più di quanto bramava, e cui nessuno può spogliare di tanta ricchezza. La fata Scarabocchiona s'appropinquò al gruppo, riprese, come là nella bettola del Gallo d'oro, la figlioccia dalle braccia di Sennacheribbo e la portò sul plaustro, che i dragoncelli rosei, dall'ali bianche e dalle creste scarlatte involarono in men di quella agli occhi dell'adunanza stupefatta. Le invetriate si aprirono e richiusero da per loro, onde passasse. Frattanto il Commissario del Re ed i Senatori riflettevano: nessuno sentiva la benchè minima velleità d'incorrere nell'ira e nell'animosità della Principessa ereditaria, la quale, a breve andare, secondo l'ordine natural delle cose, avrebbe dovuto succedere al padre decrepito. Anche l'amor di patria raffigurava loro i guai di una Regina zittellona che avesse poi a morire senza prole.

Calmato alquanto il subbuglio, il tumulto, la perturbazione che seguì la partita della fata e della Rosmunda, il Commissario governativo alzatosi in piedi ed impetrata la parola dal Presidente, dichiarò di ritirar l'accusa contro Sennacheribbo: — «Dal momento che ci abbiamo un ordine verbale di Sua Maestà, del quale sinora s'era taciuto e che investiva il capitano di poteri eccezionali e discrezionali; dal momento che un essere soprannaturale e non sottoposto alla giurisdizione dell'Alta Corte, riconosce di aver posto il capitano in condizioni totalmente diverse dalle ordinarie, sicchè questi può benissimo considerarsi come operante senza coscienza, od almeno in uno stato espresso d'irresponsabilità; io non posso insister più a lungo nell'accusa; prego dunque l'Alta Corte di ordinare che l'accusato venga posto in libertà, se non è trattenuto per altro motivo».

Il Senato si ritirò per deliberare. Dopo mezz'ora tutti i Senatori rioccuparono i loro posti ed il Presidente fral silenzio altissimo degli astanti pronunziò queste parole: — «Capitano Sennacheribbo, si alzi. Il Senato, costituito in Alta Corte di giustizia, la dichiara prosciolto d'ogni accusa alla unanimità. Ed alla unanimità stessa la dichiara benemerito della patria e della dinastia, e la ringrazia di quanto ha operato per l'una e per l'altra, salvando l'augusta Principessa, erede del trono». — Veramente questa seconda parte della sentenza senatoriale era incostituzionale, giacchè arieggiava un voto politico; ed il Senato, quando è costituito in Alta Corte, non può legalmente farne. Ma i signori Senatori volevano ingraziarsi con la Principessa e propiziarsi Sennacheribbo.

Se l'aula del Senato non crollò per lo fragore delle salve di applausi, del tripudio festoso e delle urla di gioia; se il povero Sennacheribbo non fu dilaniato e soffocato almeno dagli abbracciari, dagli spintoni e dalle strette di mano d'amici e d'ignoti, che volevan vederlo, accarezzarlo, onorarlo; ascrivo la cosa a miracolo. Tutti gli erano addosso, tutti gli si ricordavano. Il Commissario governativo gli fece scuse umilissime, allegando gli ordini dei superiori, le necessità dell'uffizio suo, eccetera. I Senatori si congratulavano. Il popolo poi, facendo irruzione nelle sale del Senato, s'impossessarono del capitano, lo sollevarono in alto sopra un tavolino, come nel Medio Evo si innalzavano gli eroi sui pavesi, e checchè il poverino dicesse, cominciarono a portarlo trionfante verso la Camera de' Deputati. La notizia dell'assoluzione v'era giunta già da un pezzo; ed un membro dell'Assemblea lì su due piedi propose un ordine del giorno di ringraziamento e d'encomio per Sennacheribbo e di decretargli il soprannome di Vindice. Il Ministero si oppose: il Ministro degli Esteri protestò che lo si metteva in condizione impossibile di faccia alle Potenze; il Ministro della Guerra che era un corromper la disciplina; il Presidente del Consiglio pose la questione di gabinetto;.... ma l'ordine del giorno fu votato ad una immensa maggioranza. Allora i Ministri si ritirarono, dichiarando che presenterebbero le dimissioni al Re e pregarono la Camera di chiuder la seduta. Così accadde; ed i Deputati che uscivano dal palazzo, frammischiandosi alla folla, vi sparsero la notizia de' nuovi onori di Sennacheribbo.

Ma la più dolce ricompensa, il premio più soave aspettavano costui alla Reggia, sulla gran balconata dalla quale stavano Sua Maestà Zuccone XIV, e l'Altezza Reale della Infanta Rosmunda e la fata Scarabocchiona, che applaudivano anch'essi e sventolavano i fazzoletti. La compagnia de' dragoni di Sennacheribbo, comandata dal luogotenente, giunse finalmente a riconquistar sulla folla il proprio capitano, che rimontato a cavallo per la prima volta dopo quel memorando giorno, entrò nella Reggia al suon dell'inno reale. Il primo ed il secondo aiutante del Re lo aspettavano ai piedi della scalinata per complirlo in nome della Maestà Sua che gli mosse incontro fin sul pianerottolo dell'appartamento, e lo abbracciò e lo condusse sulla balconata dov'era la figliuola alla quale lo presentò, dicendo: — «Rosmunda ecco il tuo sposo!».

Il resto può immaginarsi. I soldati semplici della compagnia liberatrice furon creati tutti sottotenenti; i soldati scelti, luogotenenti: i caporali furon fatti capitani; i sergenti, maggiori; il foriere, tenente colonnello; il sottotenente fu promosso a colonnello; ed i due luogotenenti a maggior generali. E, strano a dirsi, questi ascensi favolosi, spagnoleschi, non produssero malcontento nell'esercito. Vennero inoltre tutti fregiati di un'apposita medaglia commemorativa: da un lato l'effigie della Principessa col motto: Ch'io non credetti ritornarci mai; dall'altro un dragone a cavallo che galoppava con la spada evaginata, e la scritta: La Principessa ereditaria Rosmunda alla IV Compagnia del V Reggimento Dragoni, riconoscente. Notte del XXVII aprile. La medaglia doveva portarsi appesa ad una fettuccia a quattro liste: bianca, rosea, violetta e scarlatta in memoria delle ali, del mantello, della picchiettatura nonchè della coda, della criniera e delle creste degli otto draghi del plaustro della fata Scarabocchiona.

Il Ministero offerse le dimissioni che vennero accettate; e succedendo al potere uomini energici e risoluti e che non avevan paura, gli Stati vicini si contentarono di qualche osservazione fatta in via diplomatica e della risposta che il Reame di Scaricabarili voleva vivere in pace con tutti, ma che non tollererebbe che alcuno s'immischiasse nelle sue faccende interne. E quando si parla così con un esercito corrispondente ad una popolazione di centoventitrè milioni, quattrocencinquantaseimila settecentottantanove abitanti, tutti vi lasciano in pace. Le relazioni diplomatiche furono alquanto fredde per un po' col Reame d'Exibo, ma il tempo fece miracoli, ed attutì tale rancore.

Sennacheribbo, cui non dispiacque di esser salvo per opera di quella donna, al quale le Camere decretarono il titolo di Vindice; ma che il popolo soprannominò Mastr'Impicca e nella storia è noto più col secondo, che col primo epiteto, sposò la Rosmunda. E la fata Scarabocchiona volle sottoscrivere con un suo scarabocchio il contratto nuziale, acciò non potessero in avvenire i Pubblici Ministeri negare il suo intervento, anzi negarne l'esistenza. La madre adottiva di Sennacheribbo venne a vivere col figliuolo, amata e riverita non men che da lui, dalla Rosmunda, la quale, succedendo al padre del Regno, volle prima associato il marito al poter regio e poi gliel rinunziò tutto, dicendo che una donna deve pensare alla casa ed a' figliuoli unicamente. E figliuoli ne ebber di molti i due sposi, ed egregi d'indole; e se la vissero e se la godettero ed in pace sempre stettero ed a me nulla mi dettero.

Stretta la foglia e larga la via,

Dite la vostra che ho detto la mia.